9

多出來的那個人

Asahina Ape.

Ken Chen

陳輝龍

「看到結局的時候，其實只是剛開始而已。」

——Nour

目次 Contents

9

今天星期幾？

跟以前的習慣一樣，離開健身房後，會在附近找間館子，吃點沒什麼澱粉的小食，喝兩到三瓶葡萄酒，才肯盡興的離開。

不過，並不是為了吃宵夜來的。

90%是為了喝酒，以及因為酒精催發後，聊的什麼不能預期的對話。

而且，也不會預約，從來沒有。

（不知道「不約而同」這種成語，講的會不會就是我們這種狀態。）

這附近只有這間連招牌都沒有的酒吧會開到深夜，而且，再晚都不會熄火，老闆的巧達起司烘蛋真是下酒的最佳典範，尤其透過貼著老印度花磚吧檯，看他靈敏的手撕青花菜後，和生培根一起下到鑄鐵鍋裡的前段作業，簡直是最佳義大利料理節目現場。

所以，三年多以來，幾乎每週兩個以上的夜晚，都固定在此重逢。

我和當時還不知道名字的陳大洋學長。

吧檯老闆一開始，也以為我們是健身房同好，甚至覺得應該是一對。

直到上個月，某個沒上健身房的傍晚，我們各自帶了女伴到這裡晚餐，才知道我們沒騙他。

（也在同時才知道，原來這裡的開門時段是19:00整的晚餐時間。後來，『7to7』變成我們對它的暱稱。）

有個事情很確定，老闆是熱愛七〇年代Funk的舞棍。

由於，大洋也是同好，因此，這是他跑完步後，還能在這裡樂此不疲，繼續耗著的主要原因。

他一直熱烈推薦Norman Connors當健身房運動配樂，還強調Spinning bike時，效果特別，讓一般人幾乎忘了埋首於飛輪酷刑之中。

他熱衷於跑步，除了例行的健身房輸送帶，每年也參加一到兩次的全程馬拉松。

我完全跟他不同。

每個禮拜兩次健身房，都是兩個鐘頭的飛輪，碼表一旦鳴叫，即刻準確結束。

接著三溫暖水療十分鐘，快速淋浴後，有時候連頭髮也不想花時間吹乾，就直接到這裡。

天快亮或已經發亮，才離開，好像修著某堂不計算學分的課程，輕鬆愉快的週而復始。

一直到兩個禮拜前，才發現我們是太空人前後期同事，退役的時間只差了一個月。大洋算是我的學長，他服役時間也比我長，得過不少勳章，由於亞洲人很少，因此，工作期間就經常聽到他的名字。

很意外的，他也知道我。

當然，是有特殊原因的。

自己是第一個腦部嚴重缺氧到在船艙失控的駕駛員，回到訓練中心住了快一年的病房，痊癒後就被除役了。

因為這種（查不出的）病，被解雇的案例實在太少，因此被多數人認識，感覺上像是某種醜聞，雖然我不覺得怎麼樣。

跟大洋因為許多成功獎項而聞名，完全是兩種極端的狀態。

老闆開了第二瓶兩年份的西班牙ARAGONESAS老藤紅葡萄後，放了張封面有個胖子主唱的唱片，是Live的版本，歌名叫《Shine On》，樂團叫「George Duke Band」。

（不用說，當然是又是Funk，主唱George Duke一定是封套上那個彈方形電吉他的胖子。）

大洋一邊晃著酒杯，上身一邊跟著鼓聲搖了起來。

「這是1985年的澀谷公會堂演唱會，是日本版我也很確定。」老闆在櫃台裡，對著我們比了個Bingo的手勢。

（1985年，我還沒進小學，實在很難想像當時演唱會的狀況，講真的。）

然後他開始暢談他那一堆得獎勳章的驚險太空奇蹟，從空中棄置衛星殘骸，到救援深海太空站沉沒的隊友，隨便一件都值得拍成紀錄片存檔。

一樣的工作，我幾乎沒什麼好提的。甚至，我服役的工作履歷上的紀錄，都不記得是怎麼回事。

「你到底有沒有用Funk當你騎飛輪的配樂啊？」他快完全暈醉前，最常問的就是這句了。接著，會有幾次反覆。

「還有，我知道你被太空總署Fire的事之後，其實一直想跟你說，不要放在心上。雖然，可能是亞洲太空人最難堪的事件……，真要發生在我身上的話，應該會切腹也說不定吧？」

他終於這樣的對我坦誠了。

送他回家的Uber車上，我其實很想對他說，健身一點也不適合Funk這種老派的舊舞曲，我耳塞放的是全套的Eminem精選輯。

另外，我也不覺得自己退職的事有什麼好尷尬的，何況是「資遣」，而不是「開除」。

不過，我什麼也沒說，一句也沒有。

9

沒有人知道的壯舉

花了快一小時左右。才到達我們約定的地方。

路程並不遠，只是複雜，一種單調式的曲折，不是一般形式的亂。

光連續迷失在『廢車廠』的小巷折返兩次，就花了不少時間；第二次的時候，仔細的掃瞄了這座疑似已經廢棄到連空地擁有者應該都不記得的眾多廢車停留場。確實有很多不可思議的異常車子的長相，數量也多到讓人驚訝。

例如：有台掛著Taxi頂燈的黃色計程車，直接把50%的另外一邊，漆成黑色警車，噴上Police字樣的白漆。

即使知道一定會被取締徵收，但還是實踐了。

對我這種個性隱晦的人來說，或許，心目中的勇者，就是這種人了。

更何況，這做工細膩的半黑半黃車身，有種曖昧的色差，確實滿好看的。

（『開在大街的時候，右邊的行人會攔車，左邊呢？』我不禁想像著當時開在街上的樣子。）

「真勇敢啊！是不是？」趁著靜悄悄的四下無人，忍不住驚嘆了。

冷空氣中，背及腰，有熟悉的身體緊緊的貼近，然後，伸手繞在我的胸前，再十指扣貼環繞著。

「你比較勇敢吧！」輕聲飄來這個答覆。

「竟然這麼不專心，不怕對方棄你而去？」

小朵從耳後用比呼吸重一點的氣聲，呢喃著她的抱怨。

（淺倉朵，夥伴大洋的前女友的女兒。是我現役的女夥伴，不知不覺的，居然已經一起這麼長一段時間了。大洋哥大我15歲，我大淺倉15歲。）

司機在迷路巷口的盡頭等我們。

頂光的黃色探照街燈，讓有點年份的日產出租車，看起來像古董道具，充滿了不確定「到底是不是真的？」的超現實實感。

即使離海邊已經有點距離，上車這段小巷路徑，還是有很濃的鹽味，海邊的空氣風格。直到上車把門闔上，鹹的氣息，才完全的消失。

小朵把連在手機的耳機的另一耳塞，對準我的左耳洞輕輕的擺進去。

聽不懂歌詞的北歐男女嘻哈吟唸說唱對話，原來又是Sini Sabotage這個北歐少女的《Kukaan ei saa tietää》，自從上個月某天夜跑的時候，我讚美了這首歌以後，就整天肆無忌憚的播了。

「會不會覺得芬蘭語嘻哈，聽起來像日語？」我拔下耳塞，對著她的空耳根這樣說。

「是有些發音有類似感。陪我去嘛，反正我們會去北海道，從新千歲空港飛到赫爾辛基，『咻』一下就到了，離日本最近的歐洲呦～」

她把另一只耳塞收起來，整齊的捲進蘋果限定的耳機方盒裡。

司機先生一邊協助我們把裝黑膠的專用瓦楞紙箱搬到日租公寓的門口，一邊露出「喔，居然還有人在聽唱片？」的表情來。

小朵很有效率的在臥室的地毯上，迅速的把攜帶式唱盤的播放設

備連結了用耳機替代的播放喇叭。（主機、錄音器、都用手機來工作）

「你快把唱片抱過來，我已經完工了！」她發出類似哀號的呼喚。

我點了三遍，這五十張的紙箱，裡面共38張LP。

全是波蘭鋼琴家亨利克．斯托姆卡的獨奏版。（Henryk Sztompka，這樣唸，不知道對不對？）

一整夜，到天亮，竟只有反覆的放了同一張蕭邦的《夜曲Op.9》。

（我有我反覆聽的理由，但小朵可能是因為這是首熟悉的鋼琴獨奏。）

這是1959年波蘭的小唱片公司的傑作。（作曲、演奏、出版，都

是同一產區）

這個讓我清楚大洋為什麼要收集亨利克・斯托姆卡的理由了。

只不過，一整夜，淺倉小姐一直問著：「你想出來我媽要我把這箱唱片（偷）載走的理由了嗎？」

（確實，突然被唆使摸黑進廢車場，偷偷摸摸開了某部車門，還搬走一箱不明物體，應該有不太對勁的地方吧？）

有人看著我

跟每個女生一樣，小朵前幾天就開始「怠工」，並且也不讓我做事，因為聖誕節。

「好想去芬蘭看聖誕老公公。」她坐在我的腿上，擋住電腦螢幕。

「大洋叔叔和我媽一塊的時候，每個這種節日，都去了該去的地方旅行，好好呦……」淺倉小姐似乎抱著必定要休假的決心，連筆記電腦的蓋子，都幫我闔起來了。

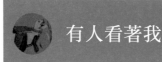

「要不然，你演聖誕老公公好了？」她把手機購物店的聖誕老人服裝貼到我的面前。

「一點前，可以趕到赤72街口那家Club嗎？」大洋邊嚼著類似西洋芹梗的脆聲，邊把前天新案主約會跟我確定。

「嗯。我不用去吧？真的很煩。晚上就平安夜了，你現在工作才進來，不太應該吧？」小朵從我身上跳下來。

把她前天買的深藍毛線連帽外套披到我的肩上，先穿過左手臂，再套右手臂，像對付一個剛入學的孩子。

「要不然，跨年去看北極光好嗎？好想坐大角麋鹿拉的車。好想啊！」我很無奈的看著這位想渡假想瘋了的同事，請她把資料藍芽給我。

「Uber的車號『0930』。咖啡館叫『Cafe Montmartre』。三個鐘頭後，我會在街口的曲巷盡頭等。」

果然是『蒙馬特咖啡館』，一進門Stan Getz的薩克斯風就和Kenny Barron的鋼琴一直拌嘴。

現場版的《Falling In Love》好不合適我們今天的談判。

我推門愣在熟悉到跟著哼的雙重奏裡，被門側拉我的大手嚇了一跳。

掙開後，看到幽幽的燈下，大洋動也不動的表情，輕到只有氣音地說：「是我！」

然後，非常輕盈的在Getz若有所思的收尾音後，摸黑的搭著我的肩，在最裡側，幾乎聽不到音樂，燈光薄弱到不行的雙人沙發坐下。

說起來，應該有十年以上，沒在首都圈這個風化區夜間俱樂部現身過了。

週邊的店，不像以前的繁榮狀態，甚至被稱為「日不落」的赤72街，現在也不過十二點半不到，整條街竟然僅有幾隻打著呵欠的花貓家族而已。

下水道的煙氣因為低溫的關係，讓地面看起來有種不現實的畫面感。

從窗外看出去，母花貓叼著隻剛生的仔貓穿過煙幕時，幾個黑人影也悄悄地穿越。

沒有每個都進來『Café Montmartre』。

大洋看著我的眼神，也用眼神回應：「我也看到了。」

（在NASA的訓練中心，如果無法用眼神對話，是結不了業的。每個隊長都會在結訓Party裡，以這一段話作為開場發言：「各位同學，明天進部隊後，就知道離開地球表面後，「語言」這東西，真是不中用的廢物。」）

只有一個看起來像「領導」，戴黑呢帽的高胖子和一個不像「副領導」的矮瘦子，胖子年紀跟大洋應該差不多，瘦子是年輕人，小朵那個世代的瞇眼男。

（只進來兩個人，其他在外面的至少也還兩個，如果還有司機，加起來不少。）

「叫我Fedora，英文軟呢帽的唸法。Fe-do-ra。這樣比較容易記住。另外，我們應該不會再見，不需要知道太多。」他把呢帽放到桌上。

我把五十張份量的瓦楞紙箱打開，再把三十八張亨利克・斯托姆卡演奏的波蘭版唱片，在四個人的面前，一一打開。

瞇眼男很細心的把檢查過的唱片一一套回夾鏈袋。

領導很有經驗的按了跟大洋談好的價格：「看一下，數字沒錯的話，我們還有事情，畢竟聖誕夜並不適合四個男的待在一起太久。」

大洋給我看了手機的匯款，金額完全正確。

呢帽先生一口喝光的Bourbon Whiskey，留下威士忌杯裡寂寞的手削冰球。

小朵握著方向盤，透過後照鏡瞄了大洋，再看看我的外套。

「可惜，沒能發生菲力普．馬羅式的硬漢格鬥，兩位大叔應該有點遺憾吧？」

無言以對的場景

非常難得，有公眾假期將近一個禮拜。

不得不休的假期首日。

十點不到，賢慧的淺倉小姐就已經著裝完畢，接著勤奮的拖著連起床都覺得麻煩的我，車速驚人的往倉庫賣場疾馳。

然後，繼續聽我覺得沒什麼調性的合成樂隊《Guiter》（幾乎聽不到吉他的音色，真是離奇的電子團）。

還一邊晃著剛染的紅短髮，一邊喃喃碎唸著待會要買的物品名單，樣子像馬上要大考的中學生。

類似三味線的主奏和探戈舞的響板，一路伴隨著。

「你去過多摩川嗎？小時候在那河邊有好多甜蜜的回憶啊～」一邊繼續晃著自己的小小顆腦袋，一邊用空下來的右手拉我的耳垂。

剛剛沒醒就被拖出門。真是太睏了，半睡眠狀態隨口問了：「跟這首Sunday Afternoon At Tamagawa River有關嗎？」接著瞌睡狀態繼續延伸。

「竟然忘了我們秋天在多摩川台公園看紅葉的事了？真是沒良心。」於是氣呼呼的用力把車近乎甩尾的方式倒進停車格裡。

究竟採購了什麼？也真是一點也不記得了。

只是繼續在安眠狀態中上了車，回到她面向河心的28樓半loft。

睡醒的凌晨，一切行李竟然都打包好了。

雖然，跨年一週，無法如願抵達看見北極光的任何城市。

但是，執著的小朵還是找到該去的地標，準確而開心的出發了。

沖繩殘波岬，半程馬拉松避寒假期。

眼看著海波和天空交界，形成異樣色澤溶解感的曙光裡，有微微的海砂間歇地打在臉頰，然後跑上穿越海似的海中公路，再抵達老式燈塔終站，我和小朵都在汗流不止的興奮裡擁抱，然後半句話都沒說的手牽手緩步走回賽事單位預定的旅館。

「剛剛到終點前一刻，我覺得我們好幸福，而且我還哭到連鼻水都流出來了。」她很尷尬的停在沙灘上（微笑著）說。

不過，我們沒住這所謂的「環保無添加」的西班牙風village。

原因很簡單，是要去看她小學到大學的姊妹淘寶兒。

寶兒是柴燒窯的陶藝家。

大學和小朵同校，同樣藝術科系不同組別的學生宿舍同居者。後來又一起去了愛爾蘭念書，雖然不同科系，但仍然是室友。

這樣的感情，當然不會只是一般友情而已。

有趣的是，朵小姐的出生是北邊的小樽，而寶兒卻是極南的沖繩。

居然在東京都的多摩川的小學校會合。

陶藝家後來選擇了回到讀谷村的老式柴燒共同窯工作，幾乎是沉默地離開所有的聯繫，默默的做著同學朋友不太理解的家常食器。

小朵做飯的餐具，如果我沒記錯的話，90％的碗盤，背後都有個小小的「B」字母。她驕傲的說是自己閨蜜的傑作。

總之，我熟悉她的作品，卻從沒看過她。

在像連棟小屋似的「登窯」出口，寶兒紮著有琉球特色的「紅型」藍染頭巾，明朗的表情，兩頰還有勞動後未退去的暈紅。她們倆個親熱開心地手牽著手，可以想像小時候她們沿著多摩川走路上學的開心模樣。

走在後面的我，這樣的想像著。

我答應小朵在讀谷村住一陣子。

至於到底多久？可能要等到幫寶兒解決棘手問題的初步吧。

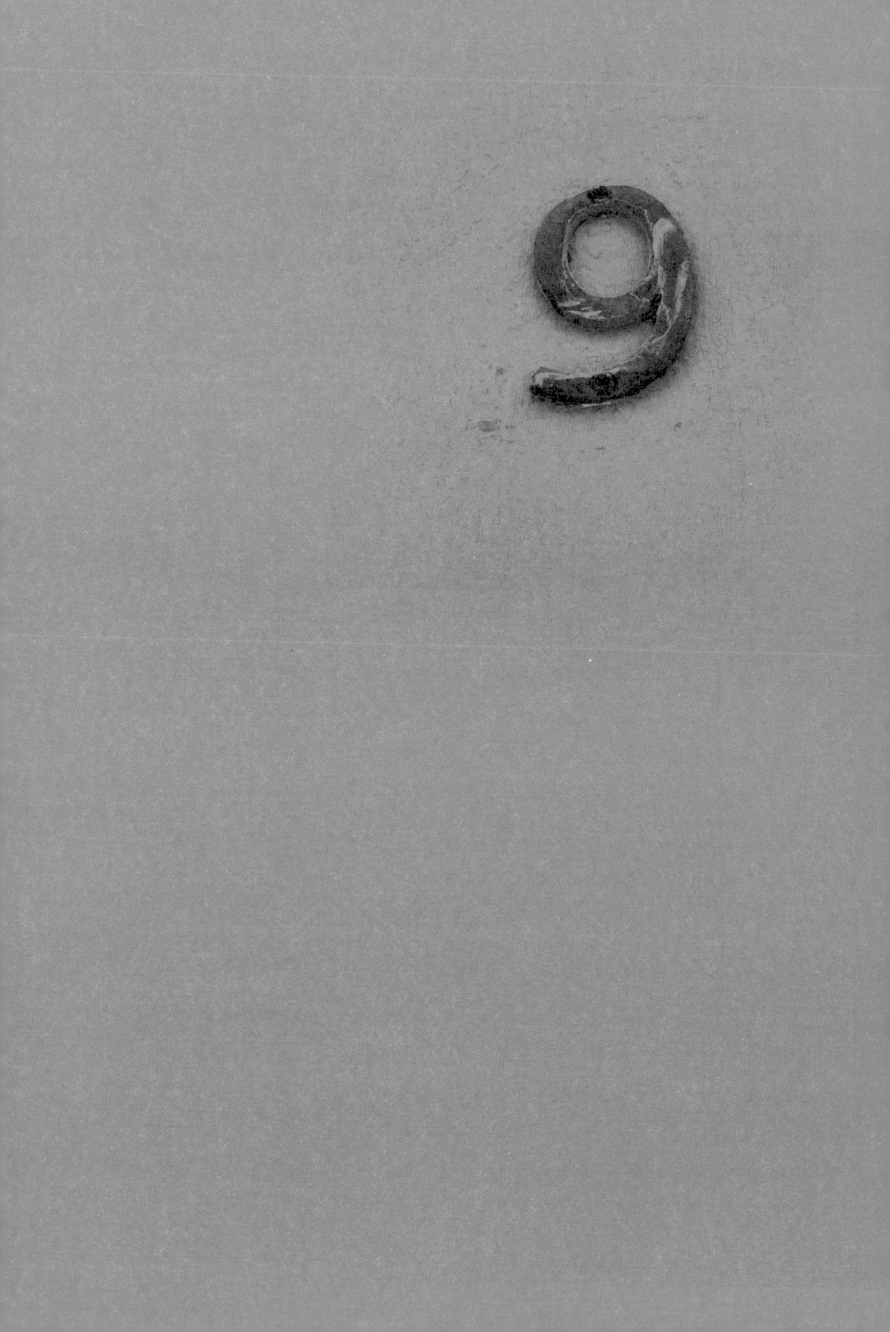

昨天以前

光，直曬進來，充滿了整間室內。

通透感的明亮。

不只是色澤，連味道聞起來，都讓人覺得舒服。

乾淨又不燥熱的那種氣息。

小朵和寶兒，在側逆的暖黃晨光裡，像那類古典寫實油畫裡的舊時代姊妹，有種幾乎不動的幻覺在我面前吃著時效過長的早餐。

充滿了使用痕跡的長松木桌，錯落了民窯陶藝家自己燒製的食器。

從水壺、杯、裝沙拉的方盤，個人用的小皿和湯碗，甚至小勺和叉子。

都是那種透明水彩流動的棕和橄欖綠大塊面積的混色，錯落在有點奶油色的表面。

「擅長的這種方式，叫『點打』，就是施釉料時，以粗的筆觸拍打在器皿上。現在餐桌上的全是『三彩』，說是明朝傳來琉球的，很久以前了。」

寶兒認真的對我解釋。

正忙著拌著雞胸肉生菜沙拉的自己，停下來仔細看著她。非常深遂的膚色，均勻的咖啡色，像消光過的。和小朵透出微血管的白皙，恰好是反差對比。

紅酒木箱疊起來的書架間隙突然竄流出沖繩方言似的歌謠，不過細聽一會，發現還是日語。

（本來沒注意的木箱夾層，技巧的掛了一台Muji的cd player）

低沉的男嗓，緩慢的唱著幾乎是唸讀的歌詞，一句一句的配著我想是沖繩三弦的民謠樂器，感覺謹慎的行進在空氣之間。

「這是這裡新的弦樂器，叫『四線』。也是這個爵士團名：四線俱樂部。」

不知道為什麼，她原本凝結的眼神翻過我的肩線，眺望著窗外一下子，像尋找什麼或看到什麼，轉身站起來，然後，往臥室方向，幾乎是逃走的離開。

淺倉也跟著追陪過去。

我看到她的眼瞼流下來的眼淚，雖然沒有發出聲音。

（反覆的單曲封面：Asatoyayunta，安里屋勞動歌。）

晚餐的微熱夜色，公路的鹵素燈，略慘白的從窗投射進來。

在混合了室內斯堪地那維亞風格的暈黃吊燈下，用冰箱的材料做了三份蘿勒青醬蛤蠣麵。

只有小朵跟我一塊吃。

如預料之中，寶兒沒有出現。

「想起來了，以前聽過這歌很多次。NASA的海中潛水集訓期間，有個同事一天到晚在宿舍播，是坂本龍一和沖繩當地的女歌者的合唱。同事是在這一帶出生，八重山諸島。」同事和她一樣，有深邃的膚色。

「寶兒一直交往的對象，上個月失蹤了。我想，只有你能幫她，於是，沒照會過，就答應了。可以嗎？」小朵把紅酒杯裡的Vincen Bouquet喝光，無辜的垂著有點退色的紅髮。

「之前，有什麼不順利嗎？」我把剩下的三分之一倒進杯子。

「不是那樣子的。」她在餐桌上，給我看她同學的繪日記，有筆記也有鉛筆簡圖的三個月紀事。

「他本來在澀谷的Tower Records負責Jazz，同學在那裡開始戀情。去年，他自願申請調回離家鄉最近的那霸店，寶兒剛好也被北窯相中。」

「說起來，很令人羨慕。」

「確實。」

「不過，好像不幸也開始一點一滴的攀附上來。」她好像不知所措地用食指捲著低垂的髮尾，看著看完紀事的我。

「總之，他經常地出入美軍基地附近的酒吧，回到住處時，總是醉得不像話，後來，多數是寶兒去接他回家。」

「然後，發現他簽署自願參與52區太平洋面會計畫？」我大概猜到了。

「就是。那天還是她送他進美軍的航空站，他進去後，到現在，就沒有任何消息了。」

52區，天啊。有點麻煩。

我看著窗外的開始微雨的路燈，只能暗暗祈禱有辦好這件事的能力。

除了五十一區，還有一區

寶兒有隻貓。

長得跟她非常像，特別是膚色。

（好像該講髮色才對，因為講的是『貓』。）

「日語有一種形容琉球美人膚色的說法，稱為『南國美肌』，就是寶兒和她的貓那種亮茶色，是琉球人特有的陽光膚質。」小朵一邊燙她明天要出席Party的深灰白小花襯衫，一邊教育我。

我倒了一杯最近在讀谷村長住後的新發明，放在淺倉小姐的燙馬板右側。

用沖繩鳳梨打汁後，調點伏特加，冰鎮後Shaker，非常適合夏天。

這樣就不必喝難喝的『泡盛』了。

「想聽前奏有敲下課鐘的《If I Were A Bell》，我們剛認識時，你經常在開車途中反覆放的雙管對吹的那首。」

「小喇叭和薩克斯風，然後有鋼琴。」她掛好襯衫，把躺在沙發我的腳挪到她的大腿。

「喝這種果實調酒，熱量那麼高，很容易肥耶。你沒發現我的腿圍脂肪層擴大了？」

她連喝三杯後，對我抱怨。

「If I Were A Bell - The Miles Davis Quintet /Recorded 1956。Miles Davis – 小號、John Coltrane - tenor 薩克斯風、Red Garland – 鋼琴」搜尋幾次，手機沒下載這個版本。

於是，放了另一個原班人馬，但前奏沒有下課三角鐘聲的，只好如此。

「我幫你掏耳朵好了……」她換了位置，把我的頭枕在她腿上，把染了朱漆的竹製耳扒深入我的耳洞。

顯然，她不怎麼喜歡這個版本。

醒來時，藍芽喇叭不知道怎麼搞的，唱著Sarah Vaughan的《In A Sentimental Mood》，然而，我做了個非常渴的惡夢，一直喝不到水。

「剛剛好恐怖，你一直講著有點邏輯，但完全聽不懂的方言。應該是在吵架。怎麼都搖不醒你，只好一直抱著，好怕你休克。」她還是緊緊的抱著，手指頭還微微顫抖。

寶兒的貓，蹲著。

正經嚴肅地看著睡在沙發上的我。

沒多久，寶兒也趕回家，端了檸檬水，要我慢慢喝。

「只記得剛剛我反覆地讀著一個發音：『O-SAKA』，他姓大阪還是小阪？」我一口氣喝光一大杯500CC的檸檬水。

「小阪明，他叫。」她驚訝到把話都說反了。

（我也覺得有點恐怖，怎麼會這樣，基本上是少夢的人，更別說記得夢裡的事了。）

「本來我就準備要問妳，他的姓名和簡單的基本資料。今天約了以前亞洲區的同事聊聊NASA在沖繩對51區以及另外一區的資料。不要想太多，剛剛那個只是巧合。」

本來我想補上一句「地球上並沒有『靈媒』這種人存在」，不過，我吞了回去。

因為，這位學長，正是以類似「靈媒」的特殊體質被網羅到高薪的「51+A區」當探勘軍官的奇人。

熱帶島嶼的戶外酒吧，沒有像嘉手納灣這麼得天獨厚了。溫柔的海風和夜空，可以想起來的任何牌子的酒精，多逛幾家，一定找得到。

我們三個人，在學長的導航下，停在最多葡萄酒的這間，叫做「南國美肌」。

小朵在吧檯牆上看了很長一段時間，回到座位跟我說：「這裡好棒呦，什麼紅白酒都有，假如今天是我們自己來多好。」

她還沒抱怨完，學長就拍拍她綁辮子的頭髮，說：「等等我和他討論的是，喝完葡萄酒，要趁夜潛入深海進行任務，那妳還會覺得要當浪漫約會場所嗎？」

她有點不知所措的瞪著他。

多出來的那個人

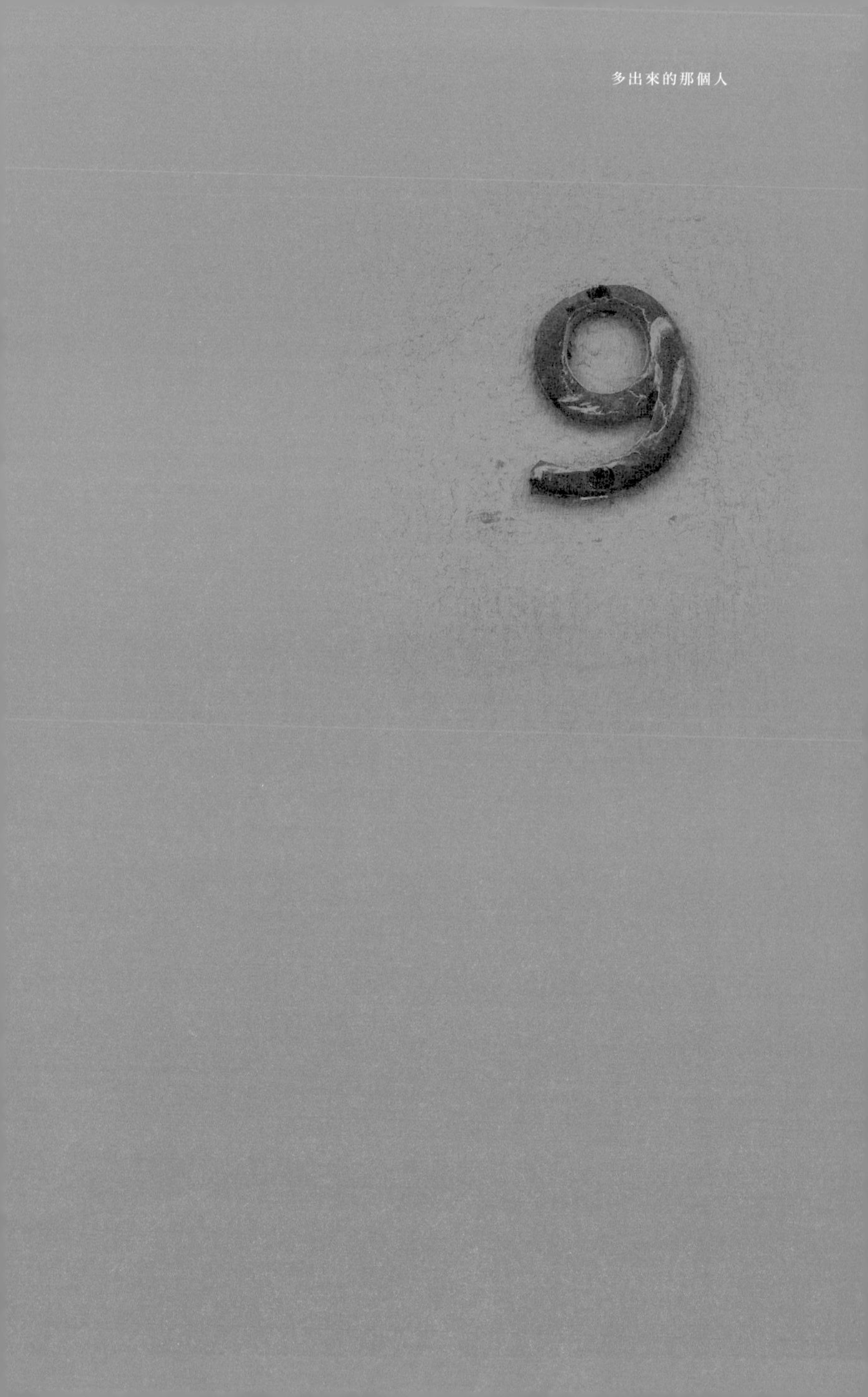

 島唄，是什麼樣的聲音？

昨天終於把案子了結。

陶藝家說，對於沒法付調查費給我，感到歉意。

或許，因為結案報告是好消息的緣故。

因此，寶兒回到原來清澈水亮的眼神，靦腆地向我解釋後，就依依不捨地拉著同學仔細查看，像分享珍奇寶貝似的，連她的茶髮短毛貓女兒也都加入探望的行列。

送給我們的伴手禮，兩罐自由筆觸的棕混青色的素燒中型陶甕，不用說，當然是她的手藝品。

裡面個別醃漬的醬菜，是我和小朵在琉球這段時間裡，熱愛的兩款。

一罐是豆腐乳，琉球的腐乳以難喝的「泡盛」浸板豆腐切塊，好吃程度卻是超過大部份的華人區，雖然，華人的腐乳才是世界主流。不過，我們確實有這種矛盾的體驗感。

另一罈是「木瓜漬」。

青木瓜削片後，用黑糖和果醋混合的液體泡，吃起來有種脆的爽快感。

這段時間，我們經常煮一鍋白稀飯，只配這兩種醬菜。

「對他來說，得到同學親手的作品，還加上可口的內容物，完全超值。」

淺倉小姐儼然是扮演我（同意免費結案）經紀人的口氣，只不過，卻是哽咽到走不掉的故作輕鬆。

我們離開讀谷村。

住到寶兒建議在殘波岬的小旅館，也是沖繩群島最老的一家。她說，如果要和她的小阪先生轉換情調的話，就會來這裡過夜。除了純粹白細砂海浴場之外，還有個有跳板的長形淡水泳池。聽到泳池有跳板，淺倉小姐馬上訂了房間。

住進來的時候，已經接近深夜。

圓月夜晚的海邊木麻黃樹林，以兩大片深黑剪影為排列順序，往海平面延伸。

牆面以此地白礁岩做為基本結構，在月光的折射下，泛散著說不出來的乳白迷幻感。

像一件巨大在岸邊，白沙灘隆起的巨型沙雕塑作品，遠遠就可以看到，猶如在剪影深處突然長出來的不明有機體。

或許真是運氣太好，這間叫「島唄」的老店，今晚竟是最終營業日。

明天下午以後，就要拆除重建工程。

由世界著名連鎖旅館集團買下，將會擴建成和其他地方一般模樣的長相。

當招待人這樣講的時候，我們兩個同時浮起一種共同的笑意，畢竟，我們是在頻繁轉換旅館的固定工作者，碰到傳統旅館的解散末日，倒是絕無僅有的第一次啊！

可能很多人，記掛著這麼多天後，我調查的結果。

那位疑似被其他星球帶走的小坂明下落如何？

怎麼說呢？

（白砂灘錯置的喇叭，鎮定地放著阿姆和Dido的合唱——「Stan」，我跑步的暖身說唱序曲）

「他正在接受我以前受過的NASA暑訓，再兩週就可以完成結訓，返鄉探親。」我在輪到Dido小姐唱的時候，閉著眼睛跟親密夥伴用告白的方式解說。

「我媽的前任是你學長，現在，我死黨的最愛竟成了你學弟？」小朵躺在我的肚皮上，用一種快樂的驚嘆號為假期結束劃下句點。

躺在白沙灘上，往海平面直視的角度，真是難以形容的漂亮。

多出來的那個人

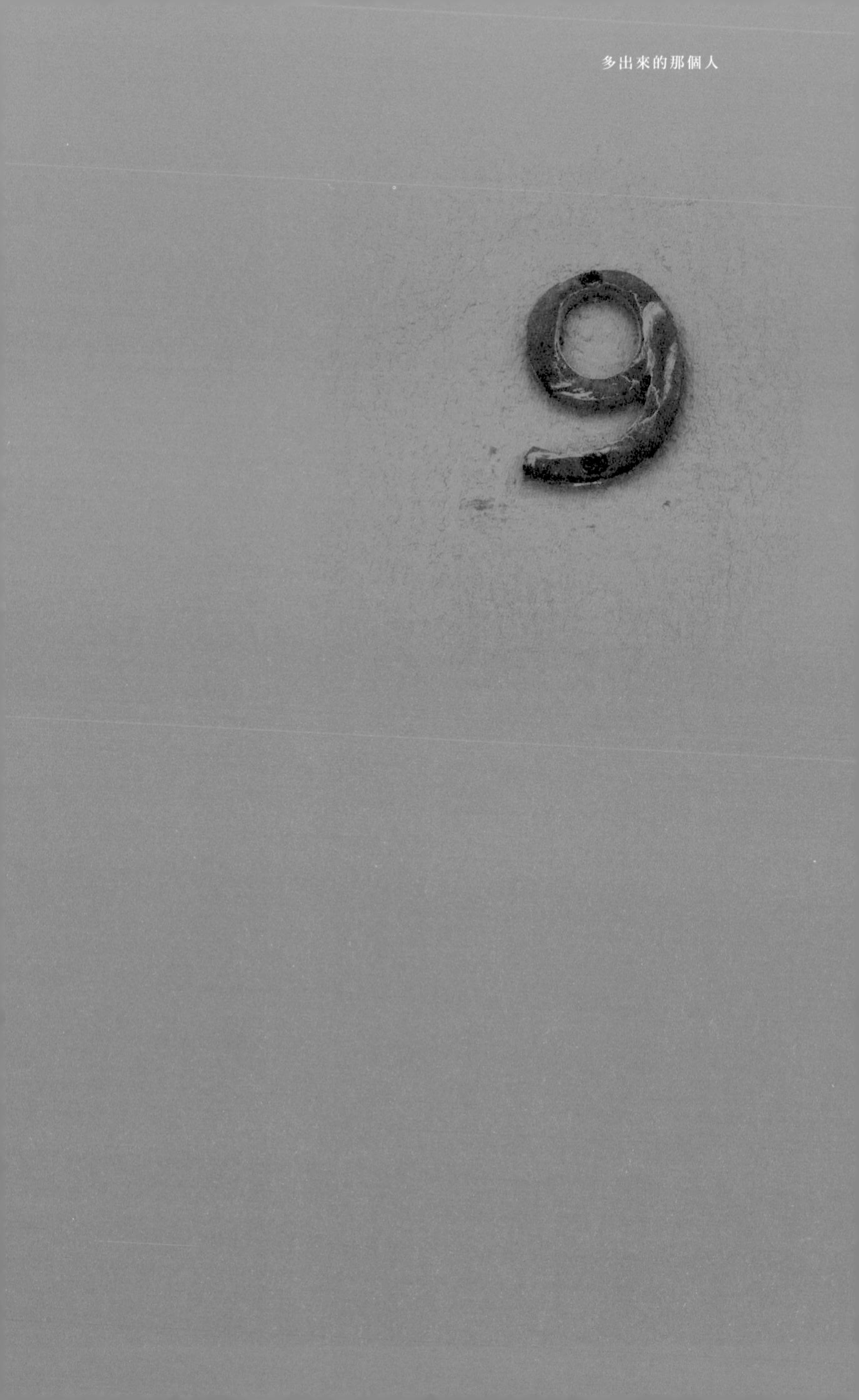

冰冷的麗絲玲

雨大到連撐傘也難以前進。

只好在健身房的出口處，發呆似的站著觀望。

雨棚下，壯碩的馬拉巴栗葉片，盡職的頂著暴烈的大顆粒雨點襲擊，幾個忍不住的年輕男女，叫喊著被驟雨消音的模糊字句，往對街衝了過去。

沒多久，雨勢已經縮成一半或更少的數量，竟只剩下還在棚下的我而已。

其實，只是因為失神的緣故，才忘了自己在等雨停。

被不知道哪裡飄來的女生唱歌給黏了過去。

喔，是唱《大亨小傳》主題曲的那個怪名字女生，Lana Del Rey。

（不過，想不起來和誰去看的了。總之，那時候還沒認識小朵，也還沒從NASA退役。）

不過，這不是《The Great Gatsby》那首「Young And Beautiful」。

我對新的《大亨小傳》沒有任何好感，如果有一點，那應該只有影片裡的美術設計而已。

其他的，包括音樂，都覺得不如上一部。

1974年的《The Great Gatsby》的主題曲是納京高的《What'll I Do》，從頭到尾都是Big Band Jazz。

另外，勞勃瑞福和米亞法蘿，也比較接近我心目中的Fitzgerald寫的「爵士樂年代」裡的男女主角。

雖然，戲裡的某些衣服和道具，真是蠢的不知道說什麼才好，所以才覺得新時代的這部，美術大獲全勝。

當然，片子上映時，根本還沒出生，是後來陪媽媽去二輪戲院看的。

然而，我覺得這一切的差異，也是給資訊的人的堅固印象，那個傳播者就是我媽。她連編劇是《教父》導演柯波拉，都完整無缺的塞給我，因此，李奧納多當然難敵勞勃瑞福了。

媽媽。

她的樣子模糊到比米亞法蘿還要淡薄，往往用力回憶時，總沒辦法把少數能依稀記得的殘片提升到能具體化的程度。

即使以前證件夾裡，總擺著她抱著我在不明中庭松樹下那張照片，還是要拿出來仔細端詳，才有點實感浮現。

後來，在訓練失事的狀況裡，證件夾也不知道掉在哪了，再來，她能給我的唯一記憶的實感憑證也完全失效了。

黏住我的Lana Del Rey一直哼著「I'm a Brooklyn baby，I'm a Brooklyn baby」。

直到雨滴到一滴也不剩的完全停止，我才有點恍惚地意識到該往地鐵站的方向前進了。

「想不到，你居然不開車？」旁邊有熟悉的聲音問。（清脆爽朗）

不過，我仔細看了這發聲主人，完全想不起來在哪裡見過，有可能是認得的人，但，瞬間想不起來。

說起來，也不是旁邊，而是從一台擋著我的貨卡車的駕駛座上發出來的。

「要搭老師便車嗎？」我看了她眼瞼下的雀斑，想起來了。

（原來是當時剛進健身房的飛輪老師。）

「不記得草莓的嘶吼了嗎？」她對著坐在右側助手席的我爽朗的

大笑。

原來剛剛聽到的拉娜．德芮《Ultraviolence》專輯，是她車上傳出來的。

我看著儀表板上的藍色矩陣字幕，才知道陣雨中的歌聲來源。途中，她說剛買了幾瓶來源不同的德國Riesling白葡萄酒，要不要一塊喝？

「可以啊！如果不怕我喝光的話。」

她應該有些什麼要跟我講，我想。雖然，雨好像又開始大起來的樣子了。

多出來的那個人

失去的範圍

幾個禮拜前，和草莓喝掉半箱的Riesling白葡萄酒的雨夜，即使過了快一個月，現在，看到麗絲玲拼成的英文字母，還是覺得被打散的糖包塞到了喉頭，甜膩到想反胃。

不過，當場我沒跟這位傷心欲絕的飛輪教練說。

另外，她那天後來醉到幾乎要把胃酸膽汁都吐出來似的，恐怕好一陣子都不敢喝這種款式的液體了。

「妳找到Mi And L'au的《Bound》，按了好幾次，好像是檔案格式有什麼問題，沒辦法播出，只能從第二首開始，專輯叫《Four Pair of Wings》，是吧？」

我一邊削冰塊，一邊對著黏在中島桌上的手機倒敘，以便喚醒她的記憶。

「有點想起來了，失去《範圍》沒多久，我就空白了。」她的笑聲跟健身房還是一樣爽朗，肺活量很足的分貝。

「這兩個禮拜，我反覆聽了那天總聽不到的《Bound》幾遍，有點聽懂妳那天為什麼會執意想聽的理由了。」

「另外，大洋叔很有興趣購入亞瑟生前收藏的古天主教聖詩唱誦錄音。除了年代因素外，主要是罕見的『驅魔經』，他說他只聽過一張中美洲的黑膠而已，不像這批優秀錄音，統計了一下，近300小時。」

我把削好的冰塊塞到蛋形杯裡，小朵井然有序的注入這幾天我們得到的德州私釀陳年波本酒。

「細節，午夜野餐時，再讓大洋先生直接跟妳說明好了，我還不是很進入情況，當面聽你們聊聊，有助於事情的進展。」

掛掉「免持聽筒」後，淺倉小姐用「珍奶專用」的粗吸管餵我喝了一口冰略溶的49度Bourbon酒母。

「你和大洋叔叔要合演『康汀斯基』了嗎？那我要演誰？」她把我壓到沙發扶手，趴在我躺平的身上問。

手機設定的午夜鐘響，四個人果然都準時出現在本城最高旅館的頂樓。

這種室外的「房間服務」，我倒是第一次見識到。

大洋經常約這種「偽野餐」，做為交易前的徵信交誼場所，不過我倒是從來都沒參與過，可能因為這樣，才覺得新鮮感十足吧？

小朵也說她大學同學常會租這種服務，Party用。

草莓教練則會陪不方便露臉的學員到這裡運動。

快天亮才散會。

離開時，太陽剛好從雲端緩緩上昇。

小朵和我都不想做早餐，於是去繞到幾乎已經遺忘的「水波蛋」Brunch外帶了甜菜根鹹派。

一進到房裡，連衣服都沒脫，兩個人就直接暈倒在起居室的沙發上了。

起來的時候，幾乎已經天黑了。

小朵紀錄的備忘錄，我們對了一下。

水窖型的圖書館、迷宮路徑、初版本華文玫瑰經、波蘭黑膠工廠、少年馬丁路德。

看了這五段關鍵句，「好性感的線索呦！」

也不知道為了什麼，她竟叫出這麼聳動的驚嘆號來。

多出來的那個人

水窖裡的圖書館

電影才看了十分鐘不到。

男主角還眉頭深鎖的握著方向盤，往清一色灰、單調的洲際公路疾馳不久，風聲呼嘯之間，女主角對著手機大喊：「大聲一點，我聽不清楚……」的片頭沒多久，我們就被大洋叫出來了。

小朵手上握著淋滿肉醬起司的蘇格蘭薯條，一臉無辜的看著在高速電梯下墜的操控儀表板。

戲院外面，烏雲不純正的像被電腦嚴重後製過，粗魯又怪誕的塗滿了天空。

風，可能是讓雲變成這種特效的主因。

雖然，一點聲音也沒有，但，類似焚風的，但，卻冰冷的流體，不停的用捲曲的翻滾，往地面的方向灌入。

索性把頭整顆埋入我的風衣裡，因為強風實在是太刺激，完全受不了。

等風消失的同時，大洋學長說被困在強風的交通管制，滯塞不動的車隊伍，恐怕要等一個小時以上，才有可能（略為）往前移動。

「你們先直接進圖書館，入口驗證的QR-code，現在傳給你。」

意料之內，每次比較恐怖的案件，就會發生長官無法在現場親臨指導的這種慘劇。

彷如成為慣性的天譴。

查了一下導航，我們判斷，走路應該在十分鐘以內。

（更何況，完全叫不到車。）

我們被指令要到的圖書館在二樓，一樓是間看起來有點年紀的麵包店。

我打開手機的掃瞄畫面，等二樓開鎖的時候，麵包店傳出來錄的很清晰的「Cu～cu－rru～cucú－Pa～lo-ma……」的西語Live，經典的南美情調《O Samba E O Tango（Live 1995）》。

不斷的傳統大提琴聲，反覆的和Caetano Veloso的南美腔調對唱，害我有點忘了要上二樓圖書館的任務了。

「世界上果然有妖豔的男爵士嗓音。」我們上樓梯的時候，淺倉小姐邊爬樓梯邊嘀咕。

圖書館入口算大，應該是舊公寓兩戶打通的。

入門後，全都是古巴、卡斯楚的攝影集，最醒目的是Lee Lockwood拍的《Castro's Cuba-1959–1969》。

小朵查了一下，卡斯楚剛剛過世。因此，剛剛麵包店聽到的中南美爵士和神祕西班牙、葡萄牙圖書館的主打書籍、文獻陳列，果然不是偶然。

「卡斯楚都死了，那世界上，就完全沒有社會國家了。」我們走進以白L型角鋼當書架的室內時，換我對著小朵嘀咕，由於是無人圖書館，回音出奇的大。

資料找完後，出了門，才發現圖書館名字叫「水窖」。

迷宮的散步路徑

小朵看起來很愉快的樣子。

從她做早餐的順序，大概就可以判別。其實，我還賴在臥室溫暖的羽絨被窩裡。

好吧，修正一下說法。

該說，她發出的動作聲，聽起來滿愉快，至少節奏上如此。

先被爐上開水沸騰的壺嘴聲叫醒，雖然很小聲。

然後，有麵包進烤箱門的推送機械聲。

接下來，聽到輕盈攪拌蛋液的節拍，只好醒來了，光想到要讓她煎蛋捲這件事，就覺得有不祥的預感。

小朵媽從輕井澤寄來她女兒最愛的「茜屋」咖啡豆，正飄出複雜濃密的氣息，硬生生地把我眼皮撐開。

很快的，我準確工序的三層蛋皮的厚燒蛋捲不但精準的切成柔軟小枕頭排在盤子上，還順便多留了一些蛋液，順便燒了兩人份的蕃茄蛋花湯。

冷天的溫度，稀薄的光照進來靠牆只有單邊座位的舊柚木餐桌。因此，如果不出門的用餐時間，於是，我永遠都只能看見她（同一邊）的側臉。

托盤上，冒著煙的飴色咖啡杯和湯皿，穿過煙，她被背景光連結的輪廓，竟然有種失真的錯覺。

從「水窖」回來後，小朵整個人像染上什麼似的，幾乎都不說話。

平常我們，幾乎都是她說話、發問，有時候，甚至連資料或書籍，都是她讀給我聽。

雖然，不至於到真的去想患了「失語症」這種地步，不過，我真的非常不舒服，不只是情緒上的習慣問題而已。

即使，她的樣子看起來還是愉悅，總是掛著笑意的嘴角，也沒有垮下來。

但，我心中有種說不出理由的陰影，一直徘迴在心裡。嚴格深究的話，應該不是「我們」，而是小朵自己。

雨的聲音打在我們loft外面的老欒樹葉上，從瑣碎到細密，然後隨著突然刮起的風，變成小舖瀑布的方式，用排放的，一陣又一陣的連窗戶縫隙都滲進了流水。

她咬了一口吐司，咖啡甚至連倒進杯子裡都沒有。就直接倒在雙人沙發上，幾乎讓我以為是昏厥式的臥倒，不過，幸好不是。

「我們放棄這批『驅魔經』的購買案子好嗎？」小朵聲音微弱到跟她慘白到可以見到血管的臉色差不多微弱。

她隨手按了網路連結的音樂頻道，忽遠忽近的飄著小女孩不明就裡的吟唱。

「已經連續夢到，我們走不出那個說不出地點的兒童樂園好幾天了，連白天的起居都被干擾了，我不想對你說謊，更不想讓你單獨承接這個案子。」

吉他聲和小女孩的聲音，在這麼強烈的陣雨裡，好像太大聲了，我把她的頭擺在我的腿上，趁著換成弦樂的空檔，將音量調到最低、最小。

她快睡著的時候，我單手看翻了上回圖書館印下來的檔案名稱：

『Ephemeral』，朝生暮死。

多出來的那個人

最初的玫瑰經

小朵的失語狀態，幾乎到了一句話也開不了口的程度。

我很認真的想過，即使收了買家一半的訂金，應該有能力全額退還。

關於合約上的罰則，大洋哥應該可以諒解。或許，也可以破例，不迴避的與對方碰面，協調解約的細節。

我完全沒有為此苦惱，甚至想，或許這是離開這一行的「啟示」也說不定吧!?

這部份，我確實很認真思考過。

如果失去淺倉朵和繼續「重賞金偵探」讓我二選一的話，那我當然連備胎工作也不想，就只有一個答案。

（重點就是）讓她離開這種不知道是身心症還是靈魂異常的問題。

我們暫時的協議就是送她回高中的天主堂「避靜」。

此外，更安心的是，擔當小朵當年姆姆的修女，是現在東京聖女子大附設高中的校長。

即使長期住下來，也沒有太大的問題。

她媽媽提出的建議。

這個，我們三個人都很滿意。

回到事件這邊。

草莓的手機不但不接，連健身房也辭職了。

我找到她的家用電話，在她家樓下用公共電話打給她。這棟老式公寓，沒有電梯，卻有兩個樓梯入口；裝了罕見的公共電話這邊，門經常是虛掩的，上次被邀到這裡喝掉半箱的Riesling白葡萄酒的記憶猶新。

（我這樣想：她一接聽筒，就直接上樓，極盡所能以超越訓練中心的最急速度，奔爬上這棟五樓公寓。一分半鐘內，應該做得到。況且最近幾天找了類似的五樓公寓練到可能可以超標的地步。）

電話一直無止盡的響著，響聲像逐漸掉入深井裡的水滴，聲音的密度讓我從急躁、不耐煩到陷入失神的恍惚感裡。

不知道過了多久，直到有人問：「方便先讓我使用電話嗎？我有急事。」

才一回頭。

完全看不到對方的長相。

就被超過想像的拳速，直接準確擊中。

連反應都來不及，可能連暈眩倒下的剎那都意識不到。

醒來時，已經在草莓公寓的室內。

我半側坐在上次喝過量的Riesling的三人沙發上，手和腳，都被塑膠項圈鎖住。

兩個人都戴著口罩。

燙小捲頭的，還不自然的掛了深色的太陽眼鏡。

問話的，聲音很細，像通過變聲器的語調，是連髮渣都刮到淨空的光頭高個子。

根據受訓時，周而復始的自由搏擊訓練以及賽事經驗，我很確定出拳的人，是第三個人。

（『他們』。不只兩個，打垮我的，也不會是他們兩個。）

可能為了掩蓋變聲器的異常發聲，或是其它我沒想到的因素。

小捲頭抱著一台可能算是骨董珍寶級的嘻哈街頭音響，我看上面還沾黏著消失的卡式錄音帶大廠「ＴＤＫ」的貼紙，這台Speaker Boombox，播出來的竟然不是Hip－Hop。

《聖母頌AVE MARIA》，這是小朵常放的提琴曲，背後略顯得遙遠的提琴，我記得很清楚，雖然她喜歡的不得了，不過，我的興趣很低，主要是這些Mariko Senju演奏的古典樂，充滿著錯覺的日本情調，怎麼講都有種匪夷所思的怪異感。

只不過，現在聽到這專輯從這台不恰當的Speaker播出來時，眼眶竟不爭氣的濡濕了。

「我有多久沒流過眼淚了？」

這樣想的時候，光頭高個子還有點錯愕的要我辨識一本羊皮紙手裝幀1975年10月菲律賓活字中文版的《聖母經》是不是真品？

「猶如昨日，
玫瑰今日該是一種有力的武器，
已使我們戰勝內心的掙扎，
幫助所有的靈魂。」
一九六八年十月于羅馬

這一段像序一樣的東西，很明顯的，應該是被撕掉了另外一頁。
只不過，在我想好逃脱方法之前，是什麼都不會說的。

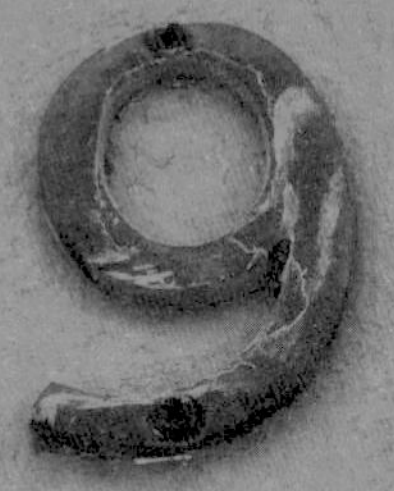
9

朝比奈猿

大洋帶朝比奈猿來拜訪的時候，連續兩次，都因為沒有辦法早起，只好爽約。

朝比奈猿，只能正午前碰面，即使是11:50，都還是精神奕奕，說起來很麻煩，12:00的標準鐘一旦跳到位置，就立刻用我們想像不到的速度「逃脫」，或許該說是「迅速的離開」。但，兩次都給我這樣的錯覺，時間也都是十二點剛過一點。

勢必要跟他們碰的，這一次，無論如何。

倒不是因為什麼「救命之恩」之類的報答，相反的，是要跟對方清算關於這次對我救援的經費對帳。

這筆付起來不怎麼輕鬆的帳，簡直是國家級救援的請款單。

我在NASA工作的時候，聽過不少雇用朝比奈猿團隊的事，當時覺得應該是誇張的謠言。

現在才知道，果然是沒辦法輕鬆應對的複雜狀況。

除了任務的艱難度，付出的現金也是硬梆梆的沒什麼伸縮的餘地。

不過，大洋哥既然能讓他們動員，應該也能讓對方理解，我們早已不是什麼跨國組織的防衛團員，相反的，僅僅是兩個被革職的自雇者，這部份，有必要再三強調，我想。

（大洋習慣不跟第三方提我們的難處，小朵覺得是他獅子座個性作祟，我這邊倒很清楚，除了面子問題，跟他一直擔當指揮單位的領導風格，有絕對的奧妙關係。有誰聽過美軍聘外籍兵團的時候，會先示弱，只為了讓對方給折扣的？）

說是殺價的理由，或是渴望激起對方的憐憫也不為過。

話說回來，雖然該感激對方在毫髮無傷的情況下，把自己帶出困境。

不過，評估對手的實力，自己獨立脫離的可能性，應該也有90%以上，就是時間要拖得比較久。

總之，不是要賴帳什麼的，單純不想讓這個沒有收入的『流標案』形成「意外」的開支，造成太難看的預算超支紅字而已。

除了朝比奈猿團隊的狀況。

更迫切的是，想買一大早到貨就會被買光的黃櫛瓜，不但早起，還難得開了車。

怎麼會在這種節骨眼上，積極的想做這個無謂的瑣事呢？說不知道為什麼，應該也沒人有意見吧？當然，只有把『紓解壓力』這個理由，當成最正當的理由了。

（某種程度的內心意識裡，藏著一個不願意和朝比奈猿們碰的壓力，不是只有費用的問題而已，好像還有一個更難受的恐懼擺在付款的這件事前面，只不過，還不清楚是什麼而已？）

往郊區倉庫超市的清晨，完全還在半睡的狀態裡，車的儀表板晾著液晶燈的7:00，秋季的早晨陣雨過後，風的氣息還帶著水的濕氣。

這時候才想起關於『亞瑟生前收藏的古天主教聖詩唱誦錄音』這批波蘭生產的私人《驅魔經》黑膠的案子，一轉眼一年就快過去，卻變成一灘不知道怎麼說才好的黏著劑，一直在生活裡用讓人不舒服的形狀，怪異的跟自己纏鬥，到現在不但還沒辦法截止，還繼續衍生更沾黏、更濃稠的液狀物。

我把車窗搖起，Federico Albanese的鋼琴就矇在管樂裡，糊糊的，直到管樂比較遠了，另一個清脆的鋼琴才趁機會進入。

啊，這是小朵最常在早晨出們放的《The Houseboat and the Moon》專輯，我看看時間，這時候她應該晨禱完了，我想打給她，跟她講我馬上要去看她了，並且讓她知道我在聽著她熱愛的晨間獨奏。

不過，還沒撥出電話。

朝比奈猿竟自己來約見面了，聽起來，他們已經急了。

希望待會就碰。

約的早午餐食堂也有點出乎意料，說是他們同族開的羊肉爐老舖，我一直以為他們是吃素的。

於是，我帶了一籃櫛瓜，就直接往城西的羊肉爐食堂開過去了。

陣雨，又開始了。

 一群朝比奈猿

講實話，即使已經是九點的上班時間，我還是覺得這個時間最好是用來賴床。尤其是這種秋天剛剛涼起來的時候。

總之，這次見面是不能再失約了，否則後面恐怕有更多『棘手的那種委託』會無止盡的靠過來。

抵達羊肉爐早午餐店時，剛好是九點整。

雨看起來逐漸的小了，但似乎完全沒有停下來的意思。

不知道怎麼搞的，我對於推開門後，要見到朝比奈猿團隊這件事，竟出乎意料的有難得的緊張感。

把車停在停車場恍惚了十分鐘（或更多）才意

識到要下車，淋了一小段雨後，到了門口，才發現微濕的外套。

甚至連天氣這件事，都完全沒有意識到。顯然把繃緊的神經，都專注在碰面時，該如何「對應」這件事上而已。

小到像一塊禁菸告示牌的原木匾，被釘在粉光水泥牆上，白漆塗上了粗黑聖經體『Mutton hotpot-Asahina』，試著讀了一下發音，Asahina就是「朝比奈」的日語發音。

早餐吃羊肉爐，不但是有生之年的頭一遭，看到這種「洋風料理」姿態的鄉土食堂，也是絕無僅有的初次。

木門竟然是左右拉開的自動門，意料之外的進入室內後，在吧檯忙著備料的平頭女店長，以明朗的聲音告訴我，他們在地下室，我快速的掃瞄了一樓狹長的室內，吧檯和隔間看不見的廚房之外，應該一張四人的餐桌都擺不下。

同時，室內用一種難以形容的音響強度，微弱的放著以印度樂為主軸的慢電音專輯，《The Lonely Road》，很久前每間旅館的附設酒吧都必備的。我有點忘了製作者是「ATMAN」還是「AMAN」了。

（時不時，混入聽不懂語言的好聽吟唱。聽過的多半會有印象。）

地下室的入口，在吧台的下方，因此直走再迴轉，算是隱匿的設計，不過，羊肉爐做出這種動線，怎麼講都覺得奇怪吧？

往下走的牆面，大塊面的挖空，大雨又滂沱起來了，看著只有一半的地面上的雨景，聽覺卻是迷離的西塔琴、塔布拉鼓以及電器音節拍時，有非常清脆的聲音問要單裸麥威士忌？還是白葡萄？

她把韋格納的Y型椅稍移出後，親切但帶有半強迫氣味的讓我入座。

「這裡的帶皮羊肉，都是綠島野放專門限定供應的，要說在外面完全吃不到，是誇張了一點，不過確實很難。」從口音聽起來，咬字雖然標準，不過，捲舌及氣音部份，有南島語系的腔調，斷句清楚。

「沒錯，我們全部是從菲律賓的火山村被接出來世界各地城市寄養的特殊人種，不過，我們真的不是猴子。」只差沒把手機的維基百科給我看而已，她露出這種表情。

沒多久，就有人幫我把汆燙好的厚皮羊肉，擺在我面前的方形缽裡。

幫我撈肉的這個，竟也是女生。

這時候、抬頭的時候，發現這一群朝比奈猿竟沒有任何一個男的。

這個早午餐，我們議定幫朝比奈猿族群找到100台的紅白機，來做為救援事件開支的抵銷，並只是口頭承諾。

我開車離開的時候，雨，還是一陣一陣的。

多出來的那個人

CLUB 8

和小朵分開，其實只有三個月不到。卻因為我這邊的狀況太多並且瑣碎，讓時間感變得格外的長，長到有種說不出的剝離感，這種純生理的失調狀態，已經不是第一次了。

之前也有過，只是當時不認為有什麼嚴重性，因此不太管它。

另外一個原因，可能覺得（面對面）沒辦法用常態的話說出來。

二十幾歲剛進NASA新生訓練，被派遣到撒哈拉大荒漠，做太空模擬類似狀態集訓。

簡單的說，就是密集的體能或重量訓練，連「旱地減氧求生」這類的古典派基本操課，也出現在課程裡；其實才兩個星期，放假回到台北的時候，竟整個月都覺得自己不屬於這個城市、這個地表。

回到基地，可能有半年，或更久，才在沒有察覺的狀態下，『重置』回正常的身心。

不過，並不是只有自己有這種很難解釋的問題，後來才知道，每個NASA的學員都一樣，這是刻意設計給菜鳥的，有個專用名詞叫『O.T.E』就是『脱離地表』的簡寫。學長也會在受訓結束後，返鄉假期前的開心時刻，用奧妙的語氣告訴我們好好享用「Yardbird times」。

現在這種分離狀態，不知道怎麼搞的，內分泌或是類似的什麼，竟有和『O.T.E』完全類似的不自在感。

不是身心哪裡有明確的不適，也沒有出現什麼病態。

就是腦控制的偶然失調，但發現時，其實，人還是好好的存在工作或生活裡，沒有吃不下飯，或喝酒過量、酗酒等異常，也沒有恍神或失眠等精神性障礙。

甚至，拿起完全遺忘的Ry Cooder來聽，我們的小倉庫裡，居然有兩張，我不記得有可能（應該不可能）我買過他的專輯。

或許說，我非常想念原本無時不刻都在身邊的淺倉朵小姐，這樣子好像比較容易解釋我的身心狀態，不過，事實上剛好相反。我們隔離的因素，不是因為情感那方面出了什麼事，反倒是因為必須拋除『驅魔經』這件已經承攬的案件，不得不的決定。

不過，不管怎麼樣，還是要把未決的前案和朝比奈猿的新委託，理一理前後左右的關係。

即使，要直接給小朵一個驚喜，而且是等會馬上。

在往東京的紅眼早班飛機上，我轉出木頭自動鉛筆的筆芯，把安全逃生說明書的紙片翻面。

在中心點畫了顆塗滿的愛心，心型一側寫上淺倉的拼音Asakura，再拉出橫的線，在每個節點，頓號似的畫上我和小朵每段工作時間的始末。

垂直再拉出一條線，一節一節標上，出任務的每個地點或區塊。

就在即將落地的瞬間，我知道了，把她從聖女大學天主堂接出後，我們該先去初認識的那家24小時的洋食館。

那時候，大洋和小朵媽正在熱戀的高峰，三言兩語交待完後，就親熱地離開這家『CLUB 8』的現場，丟下不知該怎麼才好的我們兩個。

就是『CLUB 8』，我想，我們得從這『重置』。

無論如何。

多出來的那個人

可能是小學同學的委託

亂的像難民營的登機口，吵雜的人聲和行李推車不耐煩磨地與撞擊摩擦聲，幾乎所有人的對話，都必須像早場批發魚市的拍賣吼叫，直線般銳利的塞進沒有出口的空間裡。

不要說剛剛出院的小朵，連我都覺得耳朵已失去功能，能聽取的只有嗡嗡的迴音。

這場十幾年來初次的暴風雪，讓人失去了耐心，而且是所有人。

直覺告訴自己：「該放棄今天的班機。」

穿過猥瑣的脫序人潮，終於撐到櫃台，在混亂中完成退票程序。

擔當票務服務台的工作人員，眼睫毛膏已經都脫掉在鼻翼，卻毫無知覺（或沒有時間整理），像刻意畫了黑眼圈的某種反派演員，無可奈何的機械性的劃位、或刪掉位置，面對每個不同的抱怨、抗議，甚至咆嘯，表情都跟花了的粧一樣的無所謂。

小朵摟著我往巴士站緩緩的前進。

她明顯瘦了。

原本收身的軍綠色風衣，現在看起來卻像嘻哈樣式的大外套，鬆垮的靠在我的身上，伸進我右口袋的左手，握起來感覺只握到手骨和關節。

終於擠出人群，撐到機場大樓的的通道口了，自動玻璃門打開後，一個留著山羊鬍鬚的三角臉男人，親切的叫住我。

「同學，你一定不記得我了！」他取下滑雪用的遮光護目鏡，細長的眼睛，非常專注的看著我。

他的賓士G-Class吉普車居然可以暫停在如逃難潮般的巴士站裡面，真不可思議。

說是這樣說，即使對這樣的『不可思議』感到疑慮，但現在這個時候，當然毫不遲疑的儘快進入車內，才是唯一選項。

羊鬚男同學幫我和小朵送進車後座，他戴著帽T的帽子在暴風雪飄搖的雪花裡，坐進助手席的座位上。

「他和我是班上僅有躲避球校隊的選手，而且從小學三年級開始就坐在一起，直到畢業。」

他一邊遞名片給我，一邊側著臉迅速簡要的對她說明，我和他的關係圖。

名片僅用仿宋體的活版印著名字、和E-mail而已。地址、電話，甚至連公司名稱都沒有，手工漉紙是某種等級以上的版畫專用款。

『濱谷 彥』。

名片上印著日本姓氏，應該已經歸化成日本籍，不過，我也忘了他中文本姓什麼了。

他說他在妻子父親的土地開發公司裡，擔當都市更新重建的業務。這種業務，因為牽涉利益太大，因此官方和公司這邊，都不希望張揚，只不過一般人看到這名片的質感，應該會留下印象，換句話說，會給的人應該不多。

車子往回都心的快速高架道路。

上橋沒多久，他就直接跟我解釋要委託的內容，我也請小朵很快的把計價方式告訴濱谷同學，並直接把細項的成本寄給他。

他要委託的事件，是幫公司收藏的一部20幾分鐘的紀錄片找到同步錄音的黑膠，內容是波蘭東正教堂的唱詩大合頌。

在柴油車煙味瀰漫的高架道上，小朵看著我，露出『又來了』的無可奈何苦笑。

她終於笑了，代表身體沒事了。

好吧，總是要復業吧？畢竟我們休了太久的假，存款也差不多到底了。

幸好。

9

或許，蘆葦可以證明

濱谷同學約了兩天後在他的辦公室碰。以一種最順利的效率，他直接把我們送到在行車途中、即刻訂好的家庭式日租公寓。

（這彷彿是他日常的工作項目，連什麼時候訂的都沒察覺。以我和小朵的職業敏感看來，這不尋常。）

我們下車時，他從車窗對我們輕喊：「見面那天，暴風雪應該就會停了。請放心！」

這個畫面讓我想起了更多從前的畫面連結，像速度快到算故障的PPT放映，或是慢了點的影片片段。

我開始想，我們小學坐隔壁四年，他，對我來說，有什麼記憶點。

這個日租套房，珍貴的面對著御苑的護城河。

雖然窗外降雪量變本加厲的繼續沖擊著風景，不過，對於他第一時間直接訂到房間，且在不錯的地段，真的要佩服與感激。

就像他的G-Class吉普，竟能以疑似違反交通規則的方法，直接泊在人潮如逃難的巴士站裡；一樣，只能繼續以「神奇不已」的情緒來平撫一再的驚奇。

雪量似乎有增無減，隔音不錯的窗外，聽到的是毫不留情、由天空拋下數不清的巨量小雪球聲。悶悶的落下，非常細微，但頻率很快，因此，滿清楚的聽見。

沒有車聲、更別說人群的行動聲響了。

「這個地球表面上人口密度冠軍的首都圈裡的人，都到哪了？」

恢復活潑聲線的淺倉朵小姐替我講出心裡的納悶。

《給不乖小孩的怪談》，轉身瞥見小朵躺在沙發上，捧著的書名。

書看起來非常舊，書背甚至用牛皮紙膠帶修補過，封面是張膠彩畫，一個穿著白色浴衣的白臉女子，腰帶和衣角飄曳的走進暴風雪裡，畫裡的雪況，跟此刻的窗外差不多。

「是小泉八雲的怪談系列嗎？封面那個人很像他的招牌作品『雪女』。」

她拉我一塊躺在沙發上，給我看目錄，有些像小泉八雲的作品，有些則像比較恐怖的日本民間傳說。

「我回聖心女子大學『避靜』的那段時間，在初中部圖書館發現了這本懷念之書。」

她說睡午覺前，有時候，值班的修女姆姆看她們太興奮，就會選個故事，讓大家有點害怕的乖乖趴在桌上。

這麼奇怪的方法，居然在這種老牌教會名校實施，好像有點奇怪到詭異的程度了。

她一下子就睡著了，從鼻息發出輕輕的鼾聲，好久沒聽到了，講起來我們已經分開了一個季節那麼久的時間了。

我悄悄的把她的頭移到靠枕上，蓋上毛毯，把那本怪異的童話故事拿起來，離開沙發。

我在窗邊的事務桌上，把本來買了要回事務所喝的免稅店威士忌打開，從空蕩蕩的冰箱冷凍庫拿出冰塊，放進其實應該是裝啤酒的高杯子裡，再打開繪本，才發現書其實滿厚的，精裝的厚外殼打開，目測的內頁大概有十多公分。

這麼厚而且豪華的童話故事集，現在看起來不可思議，不過一看版權頁是昭和初期的作品，就會覺得不足為奇了。

那時候，每本書都要做成這樣，才會有大人願意買回家，換句話說，這是『大人的視角』，由大人買來唸給小孩聽的繪本，大致上，識字太少的兒童是不可能自己讀的。

或者，裝飾在書架上，也很有作用。

讀到大概一半的時候，我有點倦意，索興躺到床上，對著床頭燈吃力的想設法讀完。

完全入睡前，眼睛餘光看到的封底是雪落在芒草叢，雪女的衣角沒入分不清是雪、還是蘆葦的白晝面裡。

另外，模糊迷茫的耳朵傳來難忘的琴聲，霍洛維茲的舒曼《兒時情景》，只不過，實在太睏了，音源怎麼來的，已經不重要了。

除了我在夢幻曲裡，還有誰？

聽霍洛維茲彈舒曼的耳朵，被饑餓感完整的消音了。

小朵依然像我幫她佈置的樣子，沉沉睡在不算寬的沙發上，好像連稍微的側身翻面都沒有過。

這幾天實在是太累了。

「好餓。不過，我們應該沒有食物吧？」她睜開眼，睜大眼睛。

像是果然意識到本來該上飛機的我們，除了那瓶愛爾蘭威士忌以外，連一包餅乾都沒有的殘酷事實。

我打了管理室電話，一個聽起來還沒睡夠的聲音，不怎麼清醒的直接答覆，這種天氣不但沒有送外賣的炸雞、漢堡速食店，連樓下附設的簡餐食堂，泡麵、罐頭也全都被吃光，倒是冷凍庫有一包暴雪來襲前從築地市場買來的（當時）鮮蝦（數量不明），以及冷凍披薩餅皮。

「如果你可以的話，那就自己下來做點什麼吧？」他帶著揶揄的口吻，可能希望有效嚇阻我去騷擾他繼續沉睡的好事。

總之，我下了樓，打開管理室的冷凍庫，拿出冷凍蝦、僅存的兩張麵皮，還有殘留在角落的青豆仁。冷藏庫除了除臭劑的空盒，幸運地又發現了一罐（保鮮期已過）的沖繩鳳梨罐頭。

在毫不驚醒管理員的氣氛下，小心翼翼抱著它們，到一旁的簡餐食堂，預熱了烤箱，把三張餐桌上的瓶裝起司粉全部蒐集起來，倒進同一個瓶子裡。

即使雪依然暴烈遮住我們的窗外風景，小朵在餐桌吃著以日本內海鮮蝦為主、和著青豆、鳳梨的披薩餅的快感笑臉，讓我們彼此都有異樣的興奮感。

「可不是嘛，好久沒有這麼開心了！」

久違的爽朗聲音，終於再現，順便餵了我吃餡料分佈最均勻的那一片。

一人一片的披薩驚喜後，我們回到沙發。

她打開氣象報告的公共電視，各地的風雪果然都在減量，只有東京是相反的遽增。

「我們如果被軟禁在這裡，要怎麼脫逃？請問探長。」她邊看電視，邊在我耳邊撒嬌的開著玩笑。

不過，我依然想不起來濱谷同學小時候的樣子。

伴隨著追憶他小學模樣的同時，我想起來另一件事，就是隔壁音樂教室經常性彈奏舒曼的《兒時情景》，尤其是『夢幻曲』，到現在幾乎都能毫不猶豫地哼出來，我想我們班同學應該也都跟我差不多。

我把事物桌抽屜打開，拿出應該有幾十年沒人用過的洋蔥信紙和鉛筆，橫過來擺在桌面，把畫面畫了兩道區隔線，三等份。

當我困惑或是沒有頭緒的時候，習慣這樣。

左邊填上『已知、但不確定』的元素，中間則是『確定』，右邊是『未知、不確定，但有蛛絲馬跡的線索』的欄位。

不見得全是用字，有時也有符號，或簡單的圖畫。

左、中、右或先中，再左、右，這樣往下填入幾段後，我突然想知道其他人對這首『為孩子氣的大人寫的作品集』，有沒有跟我一樣情緒的人。

於是，我問身邊最近的這位。

「妳知道《兒時情景》吧？最記得（或喜歡）哪一段？」連出自名校的淺倉小姐都搖搖頭，這個部份，我當然很清楚，她幾乎不聽古典音樂，音痴到連《給愛麗絲》和《愛的羅曼史》都沒法分辨。

不過，她居然也有對舒曼的這輯曲子有很『火熱感』的印象記憶。

小朵說大洋叔追求媽媽最火熱的期間，每天都用現時專送寄來明信片。

有張活版鉛字凸印的封面，就是舒曼對戀人克拉拉（還是克萊拉？）說的那段經典：

「此刻滿腦子音樂，覺得快爆裂了。

不趕快寫下來，可能會忘記譜了什麼？

以前妳曾經寫給我，說：『你像個孩子似的，有時候』。

我就在這句話的餘韻下作曲。

此刻幾乎像一隻魔筆，讓我寫了30首可愛的小品。

我選出其中的13首，命名為『兒時情景』。」

接著，走過來掛在我坐著的背肩上，先親了親脖子，再逐漸上移到耳窩，吐氣聲輕到幾乎不確定的句子：「她後來一直跟他一起嗎？」

 我們朝拜瑪麗亞

或許是一直惦記著濱谷同學在小學時代的模樣，竟在夢裡大叫後驚醒。

夢的終結是我們在（可能是小學的）躲避球場，擔當外場攻擊的時候，因為內場對手接球後，還擊發出差點落到「死球區」的高飛球，我脫口而出「●●！傳給我！快！」

就這樣。

他原來的中國名字，竟然在夢裡叫出來。

不過，醒來後，完全不記得了。

看看床邊的液晶數字，顯示04:55。

小朵靠窗睡的右側，非常細微的一束陽光線，

從淡白有點褪色棉紗窗簾的縫隙照進來，光的位置，正好柔軟射在她的頭髮（紅頭髮不知道什麼時候恢復正常了）和還有點訝異的微開瞳孔裡。

她把窗簾拉開，奇跡的風景居然出現。

雪，不僅完全停了。

陽光幾乎像剪刀一樣的。

把灰濁的雲層剪開，宛如大型探照燈一般，逐漸擴大明朗的範圍，濃雪覆蓋滿滿的地表、樹林、高層大樓，甚至積滿冰層的馬路，都一圈一圈的發出復原的明亮光澤。

陽光和雪溶的速度，以最溫和的層次，比例恰當的進行著。

她熟捻的左手滑進我的背後，右手環抱在我的胸前，趁著光的移動，湊近我的臉頰。

「妳被我吵醒了。」我摸摸她的耳垂，像從前一樣。

「其實，我也做著夢，或也不能說是夢，應該說是一種還沒能恢復完全的『精神慣性』，以為還睡在聖心女子大學母校的宿舍裡，聽到精工舍的老鐘敲了五點的聲響，正打算起來晨禱，突然聽見你在教堂外喊叫某人的名字。一著急，就醒了。」

「聽到我叫的名字了？」

真是大好消息，我叫的●●，這下子有機會恢復檔案的復原了。

「有啊，你叫了Qǐ-yàn這樣的發音兩次或更多，這個發音我確認沒聽錯。」我迅速從床上翻坐起來，在事務桌上那疊畫了三等份的洋蔥信紙左欄填進『其彥』、『啟彥』兩個（譯音）名字。

小朵從煮水壺旁的收納櫃找出來掛耳式的咖啡包，她燒了水，水滾壺嘴噴霧氣的時候，煙的形狀，宛如某種神啟似的聯想，我知道

《給不乖小孩的怪談》封底那片蘆葦叢為什麼存在腦海的理由了。

「看樣子，愁容滿面的夏洛克先生好像找到了破解門鎖的密碼了。」她一邊小心翼翼的把沸水轉圈圈的繞進窄小的咖啡掛耳裡，一邊元氣十足的模擬『新福爾摩斯』影集裡華生姐的對白。

「這句對白，妳演的比Lucy Liu大姐甜蜜許多。」喝了一小口後，發自內心的讚美，真的油然升起。

事務桌前面對御苑的窗景，已經完全清晰。

蒼勁枝幹的老梅樹群，用幾乎沒有葉片的乾枝延展出白絨絨的爆放花開模樣來挑戰剛剛才溶解的雪風暴。

這個城市的天際線主角鴉群在好像仗著陽光的勢力，開始急促的啊啊叫起來，不是輪流的，也不是幾部重唱，而是勢力龐大的同聲一氣，這種囂張的陣仗，真的是第一次聽到。

即使隔著厚實的防爆窗，還是有強烈震攝感。

不知道是不是眩目的朝陽，還是突然來臨的晴日景象，總之，在看（聽）著這些的瞬間，眼睛喪失功能的失焦了。

模糊的進入一種類似『起乩』的氤氳視線裡，單色的視角裡，角度超過（或少於）三度空間。

小學校園後門，這個放學回家經常逗留的路徑，即使幾十年過去，雖然從沒再想起過，絕對是自己非常熟悉的地段。

天冷季節一到，深茶色狼尾草和台灣五節芒草交雜的蘆葦叢就會籠罩著幾乎什麼都看不到的濃霧，那並不是汙染過的霾，就是純粹的霧。

（我就這樣走進了『過去』，用失焦的視角。）

『視角』向濃霧的芒草叢林裡深入探照掃瞄，較淺的霧氣背後，瘦長略高的兩個少年的灰灰的影子越來越清晰，是高年級的自己和啟彥（或其彥）。

少年的我，不知道為什麼近乎嘶吼的，大叫：「啟彥，別再進去了！把手給我……」，只可惜，好像有點來不及，他把手伸給我的時候，門鈴響了。

不僅來不及看清楚災難的真相，連他的臉也沒看到，不過，確認他叫啟彥。這倒也是算好消息。

小朵打開門，下巴蓄著山羊鬚的濱谷彥，手交叉在背，堆著一種奇妙的微笑，對著她點點頭，說了類似「辛苦你們了」的短句子。

因為突然被門鈴聲叫醒，因此從那還沒回神的『視角』往門口的那端望去，很難聚焦，另外，剛剛突然大喊，聽力一下子耗弱到幾乎等於零。

「看吧，我說雪一定會即時停止的。」他看看從事務桌前站起來的我，再看看唯一的兩人座沙發，然後坐下來。

小朵把床邊茶几用的化妝椅搬過來，我則跟他併坐在一塊，我們開始聊『波蘭東正教堂唱詩大合頌二十幾分鐘的紀錄片同步錄音的黑膠』。

「講真的，這麼久沒見，一碰面就是要老同學幫忙，很過意不去的。」

我因為恍惚感還沒消退，表情可能有著呆滯或是有異樣感，他敏感的問我怎麼了？

「淺倉小姐，妳算不算怠忽職守呢？居然讓我的好同學、妳的好夥伴身體微恙，這對我們都不太好吧？」雖然他語氣明顯是開玩笑，但小朵顯然不領情的轉身，往化妝室的方向走過去。

她把玻璃冷水壺還有僅有的兩個水杯端過來的時候，他一口氣喝掉。

接著說一個鐘頭後在樓下等我們，出門前，對著小朵慎重的說了抱歉：「剛剛純粹是開玩笑的，請不要介意。」並且還九十度鞠了躬，才轉身往樓梯方向走過去。

我們分別換了衣服，行李箱鎖上沒多久，室內電話就響了。時間拿捏的真準確，差五分鐘就一個鐘頭。

走出門外時，雲層好像又積到滿厚的地步，G-Class的銀灰色像台老冰櫃的杵在雪溶的不太乾淨的地面上。

多出來的那個人

9.5mm攝影機的畫面，真的有過

車子沿著中央線軌道平行移動一陣子後，直接穿過東京都廳大樓的區域，沿著成田西四丁目綠地，定速平穩地跑著。

綠地上還有大小不一的濕窪的間隙，是雪溶後的標準殘景，有些甚至面積大到把原來的草坪都消滅了，第一次看到的人，可能會真以為這裡本來是個湖泊狀態的小池塘也說不定吧？

總之，這場暴雪不僅止於狂瀉時讓人們領教了什麼叫做「天意」，在靜止後，也要讓人類好好的反省一下。

我們被載往不知道的去向，以及目的地。

車以穩定又略高於速限的定數繼續前進，無論上升或下坡，甚至大小彎道，都保持著職業駕駛的筆直。

連引擎聲也以這種態度均衡的給了一致的聲調，安靜但略帶生氣勃勃的韻律。

「有很多我們自己要聊的事，外人在場總是不太放心。關於這部份的疑慮，我想你們會比我清楚。很多事會外流而公開，通常都是那個被我們當成空氣的職業駕駛人。」

濱谷一邊熟絡的輕握著方向盤，一邊調整自動加速的儀表板面。他的動作與反應，比那天在機場的司機還要熟捻。

看得到的雲層堆到一起，日光差不多要全部遮蔽起來的時候，車從標示著紀念公園的右側轉進，然後滑進一棟看不出起造年份、毫無個性的水泥模造的雙併公寓地下室。

小朵貼著我的耳朵小小聲的回應説是『與謝野公園』：「我們小學遠足的最遠距離，好神奇，這個神聖的終極目標，竟然什麼變化都沒發生。」

姿勢和音量，當然是戀人的親暱，只不過，濱谷可以完全沒看到，或看到也裝成沒事，準確滑進數十盞探照燈驟然即刻發光的B1停車場，並熟絡進入車格後，再準確讓車子直接在昇降機裡降到B2，我們兩個幾乎不知道怎麼回事，地下二樓的自動拉門就開了。

這是間兩個號碼打通的地下室，入口大到可以直接把一噸半的貨卡車開進來都沒問題。

除了屋頂下的樑，竟然連一根柱子都沒有。

然後，有次序的用橘色漆的L行角鋼架，矩陣方式的從外而內的包成一片大凹字形，上面陳列著可能是影片或許還有錄音盤帶的各種紙盒。

（不過，沒有任何一盒有明示內容，都只有亂碼形式的數字而已。）

小朵注意到橘鋼架的螺絲，樣子不尋常的螺帽，過大並且卡榫的位置，都向著陳列物的側面，這樣的話，最旁邊的盒裝物品，不僅難以抽取，甚至使用過後，要回歸原位，都有困難。

小朵還沒來得及反應，濱谷同學就邊帶我們往座位區的方向，從容的讓我們坐下，然後開了葡萄牙的老波特酒，邊在橄欖木砧板上切幾種不同的乾酪起司片。

「卡榫間隙的螺絲帽，其實就是（監視）錄影機，應該是目前現有的產品裡面，最小、最細膩的微型設施了。理由很簡單，要做到完全不可能的『零失竊率』。亂碼的編號，也是同樣的意味。」一端給我們酒和零食的時候，他毫不隱瞞的說明。

凹字形的空白處，陳列了只在古董型錄裡才能看到的各種類比錄音及播音設備，全部是1970年以前的類比系統，最新的是瑞士生產的Revox盤帶錄放音機，是我的第一台盤帶機，型號是Revox HS-77mk4，我甚至都背的出來，不過也是1977年的東西了。

總之，沒有任何一件數位或超過八十年代的器械。

我跟小朵說，大學舞會有些花俏點的開場，我會帶Revox HS-77mk4做些事先順好的音效，當場做些混音，比如一個盤帶放男生的告白情話，另一個盤帶則收錄想追求的女生側錄的日常說話，效果很棒。

「你真的很會吸金，男同學那邊應該靠這賺不少吧？」

我的Revox HS-77mk4是生財工具，她果然了解。

他打開右牆的雙門冰箱，小朵看了馬上要冰凍的白酒。

濱谷同學很快的把冰到變成霧的葡萄酒杯，和攝氏20度的白葡萄酒，各倒了恰到好處的一杯在我們沙發前的白積成合板的矮几上。

「我想，你們應該很清楚我們這邊委託的聲音檔案，是（說不定）已經在手上的『驅魔經』黑膠唱片或是USB。」同學一邊把配酒堅果擺到我們前面，另一邊已經把螢幕降下，直接從投影機播出很多刮痕的黑白膠片。

畫面：

一開始是戴著尖帽子穿著連身白袍的一群人，從地窖似的白色建築物爬出來，對著天空一直開口閉口，應該就是在集體唱唸著什麼。

一直繞著建築物，順時鐘轉圈圈，數不清的幾圈後，他們又陸續鑽進白的刺眼的地窖，直到最後一個打開一面白色布（紙？）條，用火把燒掉後，錄影才結束。

「就是這段，我們從好不容易買到堪用的9.5mm放影機的放映時間內，測到的缺的聲音時間長度，正是你們偵探社手上正在處理的。」

老式巨大的JBL喇叭，沉默到連我和小朵喝白酒的吞嚥聲，都聽的很清楚。

（是的，這段默片還缺的是獨立的那些錄音檔，那個年代，最可能的是壓成黑膠，錄音帶的話，現在膠質應該已經脆化或發黴了。）

他送我們出門前，又再說了一次：「麻煩你了，同學。我需要那300小時。」

講這段話時，好像用盡全力那樣用力的握了我的手。

路上，小朵跟我說，布（紙）條上有字：『NOUR』。即使膠片漆黑模糊，甚至黴斑加上刮痕，除非是把底片掃描後局部放大那短暫的兩三格，她居然能瞬間目擊那麼小、細微的殘影字跡。

這個字，究竟意味著什麼？

我們看著被暴雪襲擊過的歪斜路樹，各自推敲著這個符號最有可能的意義。

猿隊伍粉紅色地衣垂吊的森林

「我們到底有多久沒有一起這樣坐在飛機上了？」

小朵跟以前一樣，甚至可能比以前還開心的先靠著肩，接著就趴在胸前，她用她澄清的瞳孔看著我的臉，像許多時候一樣，親熱的擠靠著，邊看邊撫摸臉，然後像擦拭珍貴首飾一樣的緩慢推移到眉毛，有時候也會換成撫觸耳朵，從揉揉耳垂，再滑進耳骨的每一個細節，常常讓我覺得像彎道慢車迴繞，而且是慢到幾乎靜止的那種低速。

「你的眉心有一道奇怪的痕跡。」

她既不是凝視、也不算瞪著。

用一種穿透的微妙感「深究」著那道斑痕，並且即刻停下了撫弄眉毛的手指頭。

其實，這句提醒的話還沒結束，馬上就想起來了。這道眉心的痕斑，當然不是無緣無故產生的。不過，這是那段（不能說出來的）旅途中發生的。眉間斑，應該就是那三天累積出來的。雖然說不應該，但確定就是。

只不過，她太累了。

「深究」不久，眼皮便鬆弛到忍不住闔上，終於趴在我身上熟睡的時候，有點不安的那段（不能說出來的）旅途，不能控制的從腦內用難堪的手法推擠出腦（或心）裡的回想與追憶，然後竟然就這樣倒轉出來。

就因為這樣，那幾天的各種甜蜜，讓這個時刻的自己格外緊張，畢竟小朵依然毫不猶豫地緊緊的抱著，即使已經沉睡。

朝比奈猿公社的派車在不知道地點的山崖迴繞。

山間的林相非常好看，並不只是一般的尋常或異常的綺麗視角而已，至少我從沒在島內看到過。

既不是獵奇式的風光，也不是人工鑿痕感的景色。

深綠色的針葉林和橄欖青的闊葉樹，混雜重疊，然後有大片柔軟粉紅棉絮狀的地衣類共生植株錯落在小片樹組的頂端，繞行時，不自禁覺得這種疊疊層層的不可思議，即使每層都是單調的色澤。

手機上的時間和機械表的鐘點，似乎完全靜止了。

「是時間在這裡被延遲了，而不是停止。」她講了兩塊磁鐵互相排斥的原理，在這個幾畝不到的高原裡，就是這種效應引起的。

這次我比較仔細的看了她，她的臉、她修長的身形，她淡焦糖色的皮膚，以及（其實）非常貼心的小動作。

「上次吃羊肉爐的的時候，感覺到你的不安，甚至有嚴重的防衛氣息，怎麼了？」

這段問話的同時，經過一道大型瀑布，聲音被激烈的水聲沖擊成斷斷續續的剖面，不過，我大概知道她講的是我那天的緊張，甚至緊繃。

（為什麼？）

我也不知道，可能各種因素、每種細節都有一些，因此構成了極其複雜怪異的不安表情，而且很明顯的露出來，雖然以為沒有人會看的出來。

她看著我望著瀑布出神的樣子，就讓車子馬上停了下來。

這時候，我才發現司機是個男孩子，有著她們族群同色系的古銅色膚色，不過，看不到正面，只是聽聲音判斷，沙啞但生嫩的簡短答覆，通過剛剛成熟的喉結發出。

（如果沒有聽錯，那這是與朝比奈男猿的第一次遭遇。）

她拉著我的手，指頭扣著、掌心緊實的貼住。

踮起腳尖在我耳窩說：「我叫Nour，中文、諾兒。」

一起往瀑布方向移動的同時，像未過青春期的無性別青少年，或者說，是以更稚齡感覺的無邪姿態，做出的一種親熱感。

她讓車子先往部落，我們開始往瀑布的方向，向上緩步。碎石子路，一半是類似翡翠的碧綠光滑卵形石，另一半是覆生了苔蘚的咖啡色硬土塊，均勻的交雜配佈在山徑。

幾乎是動用了許多人工仔細篩選了適當尺寸後，再花了相當時間，梳理成適合走路的機能觸感，甚至自然融入地景的視覺性，我這麼懷疑，雖然難度太高，但很難相信這是天然的原型。

「除了你所存疑的這些景象細節外，這道瀑布應該跟你往常看到的完全不同。我講的並不是『外觀險峻』這類的觀光用語。」

她突然鬆開我的手，用矯正感的語氣講了一下。

「我們進到裡頭好好體驗與正常瀑布的差異後，再回去中央公園，在公園過夜後，脫離現況中所有迷惘恍然感的你，就會有領悟或確認，但，更可能是類似『覺醒』的意識體驗。」

（部落叫『中央公園』。）

另外，這時候才注意到公社的派車，原來是橄欖綠的車身，稍微走遠一點，幾乎看不到它行駛的狀態，整台隱沒在雜綠的山壁裡了。

（生物式保護色的座車，類似這種意味？）

就這樣，我們像遊戲場裡直接玩在一塊的小孩，沒有半點陌生感，繼續牽著手，往「完全不同」的那道瀑布走去，以幾乎一致的步伐。

「你以為是『柔軟粉紅棉絮狀的地衣類』嗎？」

她勾著我（幾乎是跳著的）往最靠近雜木林的視角，邊笑邊解釋了「酸藤」，是種什麼樣的（柔軟粉紅棉絮狀）物種。

「妳的說法，確實比網路搜尋有意思，連我不算答對的『共生植株』都勉強給了分數。」我甚至差點忍不住想掐掐她的臉頰，但覺得有點尷尬，念頭就打消了。

「你在訓練時，游泳有被『當』嗎？」不可思議，竟能用台北青少年用語問，即使是過時語。

當然，她們一直住在這個島上，（只是我仍然還有他們真的是猴子的錯覺。）

「當然，要不然被退訓，要賠很貴的訓練金。但，我是最後一名，感謝當時的主考官。」我們當然是全員操練的完成，才會結訓，不過，這個太複雜，我沒說。

我回答的時候，她已經把所有衣服都解除，要我也照著做。

「我們要從水路，游進中央公園，以後你會用到，一般人只知道唯一的是那條一線到頂的『山路』，剛剛公社派車往上的那條。」

我們慢慢的讓完全的裸身浸入冰的溪水裡，很快的水深就到腹部了。

她繼續牽我的手，在快淹到下巴前，拉了一下，往下。

幾乎是同時，一群大約十幾隻的巨型水鹿，直接由淺溪沿岸，助跑幾步而已，就躍進距離不算短的瀑布裡。

像突然經過，即刻隱身在瀑布內的不明飛行物。

但，那是純種台灣水鹿放兩倍大的『鹿』。成群的飛進水流密到毫無縫隙的垂直急瀑裡。

心跳不已的畫面同時，她把我用適當的速度拉下水裡，開始潛泳。

我們穿過葉脈細長的各種水草，同樣種類、款式的，卻長著完全不相同的色澤，從最嫩的綠，到最深的橄欖綠，從透著河上照進來的陽光金黃到枯葉的深褐色。

十幾分鐘的河道深處，真的跟自己以前任何淡水流域裡的潛泳，完全的不同。

跟『山路』的風景一樣，層層疊疊的單調植物，只能邊在水草裡游移，邊暗地驚嘆不可思議而已。

這時候，小朵醒了。

她伸手抹抹我眉心的斑痕，無辜的站起來，準備下飛機。

（彷彿她知道了什麼，或是，她依賴（幻想的依存性）組合成了什麼？關於『眉心斑痕』。）

「不是每種事，都有開始或消失的原因（理由）。」

她勾著我的手往航空大樓走出去的時候，諾兒講的這句話，不知道為什麼，一直反覆的在腦裡打轉。

面對河口的前後時段

這時候，本來裸身抱著趴著沉睡的我的背面的諾兒問：「還想要，可以嗎？」反過身體，讓她正面坐上來，背景是瞭望剛剛游過來的瀑布（前段風景），以及背光全裸的Nour。

混雜重疊的整齊雜木林，深綠色的，針葉林和橄欖青的闊葉樹交雜的那一整面的鳥瞰，以及她和我手掌大小恰好吻合的胸部而已。

氣候，在『中央公園』好像也不能成立的樣子，如果以原來的季節交替方式，在這裡也行不通。

比如剛剛讓諾兒坐上來進入的同時，戶外響著迴音很強的雷聲，而這種雷聲，（在外面的話）通常只在初春的時候發生。

甚至在我再進入躺下Nour身體的時候，背景的雜木林透爆著許多雷後的閃電，幾乎打開所有的感官，簡直覺得不在人間。

她側起身體，細長卻渾圓的四肢，讓即使身長不高的朝比奈猿族的短身比例，看起來恰到好處。

背光的淡巧克力色皮膚側著，透過剛才出現的淡日光，頭髮和體毛在有點暗的室內，像什麼金屬光澤閃著。

「為什麼我們在潛泳時，沒辦法講話，卻知道彼此心意？」

她把染著靛青色麻布靠墊塞到床沿，讓我靠著。

「我同意睡覺前，妳講的。是『心』的問題。」

我把她倒給我的水，接過來，順便轉身（一起）面對昨晚爬坡又潛泳的『中央公園』風景。

她靠到我肩膀上，像當時告訴我名字一樣的靠著耳朵說。

「想跟你講講話……」

她問我知不知道那數量不算小的一百台「任天堂」卡式紅白遊戲機，要拿來做什麼用？

（完全沒有開口，只是托著我的臉，用她黝黑的瞳孔凝視著我。）

這是中央公園育兒所的戰鬥訓練器。

雖然古老，但，可以讓朝比奈猿族的孩子，充分鍛鍊腦、眼和雙手的同步反應。

課程是《影子傳說》。

要設法在入園的第一個用破關，媽媽和老師會想盡辦法協助，畢竟這是謀生技能的最基礎。

（我玩《影子傳說》是小學一年級，但那是幾十年前的事了。破關的主角是一路對打向前的某忍者，直到救出公主才結束任務，最後（也是最難）的一關是跟自己的影子對打，對手是一模一樣功力的自己。）

這筆奇怪的付帳方式，到現在自己還沒辦法釋懷，動員了幾乎所有二手古物商的人脈，搜遍了幾乎整個亞洲，連最偏遠的爪哇群島的盜版品都弄到手的這種程度，簡直比付現金還要難上幾十倍的折磨。

「但是，你跟我一樣，信守承諾的完成，也消了帳款。這是我們的起點，也是終點。」

她翻身緊緊的抱著正想抱著她的我。

「你高中的畢業典禮時，我也小學畢業典禮了，寄宿家庭的父母跟我抱著痛哭，因為我們的家族已經完整遷移，我得回到家族，因為我是『NOUR』在這裡、以及這一代的繼承人。

我的六年女子中學生活，就在你的大學對岸渡過。

高一的時候，我們一起搭同一班渡輪，最早的一班，只有我和你，以及永遠看不到樣子開船的那個司機。

總共三個人。

我記下了你的樣子，即使我只是個高校一年生少女，但面對對坐在對面的你時，（幾乎）知道『後來』會有什麼，當時就知道。」

她對於自己在少女時代就如此確定的情愫（或，類似的東西）竟然尷尬的用手蒙住臉，趴著躺在我的手臂上，我環繞著她的臉和緊緊窩著的上半身。

想對諾兒講點快要成年的那段，可能有點連結的青年初始生活。

「不管重不重要，我都想聽。」

她放開蒙住的臉，側貼著我的臉，然後，露出笑容，燦爛的笑容。

意識，穿越過該有的殘存畫面，抵達那個唯一的河口。

大學時候，雖然念了工業設計這種（看起來）蠻容易在社會找到工作的科系，不過，就業機率高不高，並非我的考慮首選，換句話說，我只是因為某個四年費用全免的優惠獎學金而念的。什麼學校、什麼科系，一點都不重要。

四年的大學生活，時間都在古典吉他社團渡過，即使一個社員也沒有的團員聚會，我還是在教室裡，反覆的撥弄六條尼龍弦，直到指頭發痛到難以忍受。

同班同學喜歡戲謔說是「工業設計系音樂組」的唯一學生，一直存在著的這種老掉牙笑話。

對他們，對我。

大學生活開始沒多久，網路拍賣以不可思議的方式開跑並且以高倍數獲利的初期階段。

那時候的世界，因為有網路，而降低拍賣作業的難度與成本，另外，實體世界的店面裡，也因為能利用外國資訊的消費者還很有限，而讓某些人能賺到知識（不平等的）智慧財產品。

黑膠唱片，就是當時大學生（的我）找到的致富方式。

「錢，應該講現金對當時的你滿重要的吧？」她睜開眼睛看著我，條列出這樣一條句子，因為我還不習慣不靠口語對話，因此，看到諾兒清澈的眼神浮出的答覆，還是有點不習慣。

我從（紐約到東京）幾家專門收購地方圖書館，或電台資料庫的拍賣招標，找到數量相當可觀的二手古典黑膠，一開始只是以少量的差價賣給社團成員，後來因為幾個學長打算以較大規模的形式開間黑膠店，因為這個，我變成他們的固定（也是唯一）的上游供貨商，大約在畢業前，幾年賺到的錢，已經能在市郊靠河口的位置，買下第一間房子了。

十四樓的建築物的最高樓層，我還記得那個「1414」的門牌號碼，我的家，第一個。

「我都知道。但我想說，如果有客戶資料的話。應該可以查到有個從初三就開始跟你買唱片的少女，從每個月一張，到每週幾張，那時候我們已經碰面了。我發育了，已經是有清楚意識的高中女生了。」

她這段話，伴著渡輪相遇的第一個早晨的全視場景，很清楚，我看到我，看到她有點不好意思時不時偷偷瞥看我的害羞表情。

我當然不記得什麼人跟我買過唱片，客戶名單就只是編號，現金支付額高的對象，排在最前面，反過來說，大部份的人都在流水編號100以外。

「當時，我母親和姨婆之類的親族，已經開始『中央公園』的建造計畫。我們特別而且不尋常的『靈修』，開始有計畫的每週上山去訓練，以及長達半天以上的集體靜坐。」

到這裡，她很尷尬的停頓一下子。

「我們遇見的早晨隔天週日。是我們上山的團契冥想靜坐的正中午，十二點的鐘響那一刻，我發現自己『住到（你的）身體』裡面了。」沒辦法也沒有原因，因為有很大的恐慌感，因此像初經來的時候，問了媽媽和長者。

每個人都微笑表示是一種好事，有牽掛的對象，即使在現實的一生裡都不會相遇，那也無妨。

「畢竟那時候，我還只是個少女高校生而已啊！」諾兒把我的手指頭一隻一隻扳開，像實驗室裡專心的生物課研習生。

「好喜歡的指節啊，當時，我們渡輪上的初次面對，其實，我緊盯不放的並不是你的臉或五官，而是手指關節，你有和我們一樣的長手指，關節比例是標準的『掌九眼』。」

她把我的左手掌再掰開，翻面的關節皺褶，看起來像九隻眼睛。然後，繼續把臉靠著我的臉，類似要繼續深吻的表情，只不過，停頓了很久，像動也不動的片頭之類的畫面。

『時候差不多了，到了那時候，眉間的痕跡就會消失了。』一整天，只有這句，是從喉嚨發聲的真語言。講完後，她把臉貼過來，身體迅速的繼續趴上來。

這時候，什麼都聽不楚了，除了單音節的激烈聲符，還有繼續來的（也是單音節）雷聲之外，什麼都聽不到了。

多出來的那個人

即使斑駁鏽蝕也已逐漸清晰

「當太陽剛剛沉沒到天際線下的時候，月亮在淡色的深灰天空浮出來，最早跟在旁邊的那顆極亮的星星，就是北極星。」

小朵問我聽過傳說沒有。

瞬間，就在這個落日沒有晚霞的一瞬間，我想到非常久以前，是Qǐ-yàn跟我講的，沒錯，就是那個打完躲避球走回家的傍晚。

他說，長輩告訴他，迷路的話，不要慌張，抬頭往天空仔細凝視，找到月亮旁邊的那顆最亮的星星，順著它的方向，就是北方。

這一瞬間，我還清楚的看到了當時他運動服上繡縫的名牌。

『張啟彥』。

天啊，啟彥。

啟彥變成濱谷彥了嗎？

我們回到很久沒有回到的住宅工作室。

打開濱谷彥給的隨身碟裡的資料，資料的開頭是滿長的希伯來文句子，小朵查了好一會，用英文對照希伯來語，甚至查了江戶時期日文的紀錄檔案，譯出「亞割谷的門，應該是那個顏色。」

小朵把印出來的幾頁A4紙給我，順便倒了兌了冰水的白蘭地到沙發跟我一塊看這些資料。

她用上次在殘波岬買的再生玻璃大啤酒杯裝了七分滿，有點好笑的餵給讀著資料沒手的我喝。

「冰箱沒有冰塊，甚至什麼都沒，就只有一壺看起來像遠古時代就存在的冰水。」

我含了一會，再吞下了冰白蘭地的酒液，很陌生的味道。

「除了這壺冰水可能是我做的遺物之外，不但一瓶葡萄酒也沒有，連威士忌空瓶也找不到。還有，我從沒看你喝白蘭地，是誰送的嗎？」

小朵又再度凝視我眉間的那道斑痕。

「另外，比較讓我吃驚的是，有了張啟彥和濱谷彥在台北、東京往返的街友野宿紀錄，拼圖完整到連紙邊的小紙塊也都找到了。你要不要馬上去看看，台北現場可能還沒被破壞。」

小朵把標示了地圖的檔案存在我的手機備忘錄裡。

彷佛早已經知道了『張啟彥和濱谷彥』這樣一個委託人，不僅是單純的套用關係的客戶而已，才會往完全相反的搜查線索下手。

回到習慣想事情的沙發上。

小朵也像以前一樣，靠過來我旁邊，我陷入讀資料的深沉思索裡，想到一些小時候他家裡的瑣事，甚至連一些我們一塊的遺漏往事，竟也清楚的浮出水面。

當我把所有素材都整理好的時候，小朵竟把剩下的白蘭地全都喝光了。

這才意識到，進到房裡到現在，幾乎沒講什麼話，連音樂也忘了開機，窗外竟然已經黑到不能辨識是什麼時候了。

她先靠著我的肩上，像以前一樣的安靜地睡，發出只有我耳邊才聽得到的細微鼾聲，其實只是較重的呼吸鼻息音，我讓她倒在我本來盤坐的腿上，打算就這樣也先睡一會。

這樣的時刻，空氣裡顯得異常的鈍重，一下子，連我也陷入睡的狀態裡，毫無雜念的直接進入了。

醒來的時候，其實才過了不到兩個鐘頭。

小朵累到我起來，移動了她的身體也僅僅張開眼看了一會，就整個人繼續躺平在沙發上繼續沉睡。

窗外繼續黑著，有點厚的雲層預告了將會來臨的雨季開始。

我燒了熱水，因為找不到咖啡，只好打開諾兒給的三十年鐵觀音，分幾次沖進小朵媽送我們的京燒白瓷小壺裡。

很快速度的用冷水淋浴，邊吹乾頭髮的時候，邊喝著厚實甘醇的茶湯，看著即將明亮的窗外天際線，準時出門。

抵達火車站的時候，天已經有微微的發白感，第一班公車還沒到站。

紙箱搭的小屋，幾乎占滿了四面的入口，從沒有在這個時候目睹的自己，雖然有點錯愕，但也有種井然有序的慶幸感，至少同學在這其中，不會受苦。

繞了西側門的所有紙箱屋，完全沒有類似啟彥特徵的男人，雖然我已經幾十年沒見過他，但從遊民資料中心以及幾個特定的證件資料網站，差不多已經把他的臉拼湊到可以背出來的地步了。

（天色已經差不多到了全亮的程度了。）

我繼續往東側門的紙箱屋方向，循序一間一間的探看，小心翼翼的在不驚擾每一位屋主的情況下，感覺間接（其實是直接）的照會了每一位的臉。

像拿著金屬探測器偷偷摸摸的在荒地裡，連一小塊石頭也不放棄的掃瞄，只因為黃金已被確認存在此地了。

我抬頭看了已經全亮的天空，想到我們一起的小學時代，那個關於北極星的事，儼然有了更具體的思慮。

想到的這段的時候，突然恍然大悟了起來，讓我又折回北側門，幾乎是小跑步的往北側與南側門對角線距離約兩公尺半的洗手台跑過去，沒料到草坪是濕的，球鞋半陷在稍微泥沼裡，速度變得遲緩的很，幾乎呈現難以前進的黏著狀態。

（幸好，光線還非常的昏暗不明，要不然一個受過沙漠、極地，甚至雨林訓練的ＮＡＳＡ隊員，被困在這樣一小塊僅僅被雨濡濕的草坪，說是醜聞也不為過吧？）

公用探照燈，準時的在天完全亮起來的時候，一起滅了。

在這個時候，終於踏上了公用洗手台的水泥台階，一個穿著尺寸過小的沾滿灰塵的連帽運動衫男人，伸出手來把我拉上去。

非比尋常的熟悉手勢。

換手與暗號，甚至激勵或嘆息的形而上躲避球隊員默契手勢。

這算是等待幾十年來的初次相逢嗎？

我們往洗手台後側，噴了『遊客專用』斑駁墨綠漆色的不鏽鋼圓形椅子坐下來。

似乎剛洗完澡的啟彥，掏出一盒鏽蝕到分不清牌子的喉糖空盒，裡面塞滿他撿來的紙菸頭，點了一截，蒼白毫無血色的表情看著我，再深深的吐出一道白煙。

他開始說，關於他的遺失。

如果小朵真的是大洋的女兒

火車站二樓的24小時漢堡店空蕩蕩的。

三個服務生。

一個對著烤箱、微波爐、咖啡機等機具確認工作狀態，另一個把剛送到的麵包、罐裝果汁、咖啡豆和紅茶包排列在準備就緒的位置。

最前面跟我們點餐的那個看起來睡得最飽，一點倦容也沒有，不像我才唸完點的冰、熱兩杯咖啡，一個雙倍起司牛漢堡和一碗小份洋蔥濃湯後，打的哈欠至少超過五次。

（真的非常的睏，我覺得這時候放小夜曲這類的古典音樂，非常不道德。不過，或許，沒有人願意搞清楚「進行曲」和「小夜曲」的播放時機，就好像不是真的不知道所有三拍子的歌都是華爾滋，而是懶得去思考，畢竟人生還有更多煩心的事要花時間。）

「我覺得這兩天一定會等到你，就某種程度上的意義來說。」

吞下兩大份生煎牛肉漢堡，大概只花了兩分鐘，然後灌了一整壺冰水後，他終於開口。

「你說吧，盡可能回想、敍述，不用勉強，也不要有壓力。反正時間還很多。」

我讓服務生再送一壺冰水，喝了口洋蔥湯後，告訴他，覺得甚至可以分幾天說，反正都找到了。

「不，你錯了，我們的時間不多了。雖然，究竟剩下多少，並不確定，但我知道不多了，才會為『一定要等到你』而感到焦慮。」

他繼續像剛剛灌冰水一樣，（依然）把咖啡瞬間喝光。

「你遇見的濱谷彥，確實是我歸化的日本名字，雖然，那個人代替了我繼續我在東京的下半場。」

啟彥同學的聲音變得很稀薄，要湊的很近，才聽得清楚。

他深呼吸後，長嘆了一口氣後，繼續說。

「不知道你有沒有印象，到我家的時候，應該沒看過我爸爸吧？」

我回憶起來那段一起上學、運動，幾乎形影不離的時光。

有幾次啟彥的生日，即使僅僅邀請我而已，他母親仍然會特地花時間製作烘焙，做出用心考慮過的男孩口感蛋糕和甜點，可以說是難忘的點心記憶，即使像我這麼討厭甜食的人，卻（依然）記得每一道上桌後的樣子。

現在追憶起來，在那間前庭種滿各種熱帶棕櫚科植栽的白色大洋房裡，除了偶遇的清潔打掃阿姨之外，真的就只有他和他的母親而已。

「到了稍微大的中學時代，媽媽有天很嚴肅地說起在東京的父親已經病危到只剩一年不到的時間，需要去那邊陪伴，以及辦理（拖了很久的）認養入籍的事。」

由於他喝水的速度實在太快，我索興自己到櫃檯多拿了兩大瓶水壺，再點了兩杯雙倍的濃冰咖啡，雖然明明知道制止不了什麼睡意。

「那時候，我高中重考了兩次（好不容易）才上了媽媽（後來才知道是爸爸）的理想志願。卻馬上要轉學去到一個一切都要重來的地方，當時，其實非常掙扎。我開始想起你，同時段的你，如果也在我旁邊就好了。」

坦白講，小學畢業搬了家以後，我根本忘了原來的小學同學、連同一條巷子的左右鄰居，都忘的乾乾淨淨。

我的高中是大學的附設，在同一個地方。

只是因為早逝的爸爸，公部門給的類似補償的福利機制而已。

「這麼多人寵愛，關心。是很不錯的關鍵時刻啊。有沒有我，差別其實沒有。」我笑著安撫他，沒講自己的什麼傷感。

那時候的自己，除了無能為力選擇的高中學園，還要精算每天可供花費的零用錢，說「苦」倒不確定是不是真的有過，不過，以青少年種種要打發的日常來說，「苦悶」確實是經常伴隨著的。

即使這樣，當時誰也不知道，我怕為家人帶來麻煩，或許也怕為自己帶來麻煩。

「我開始在放學後盡快回到家，接受日語家教精密設計過的課程，上完課差不多也是睡覺前了。我剛剛才和嚴格犀利的升學制度對決幾回，好不容易才爬上壘包，這時候告訴我，前面那些不算，要換另一個戰場。總覺得苦到每天都有想自殺的念頭。那時候。」

啟彥掏了掏口袋，有點慌張地問我有沒有看到他的（喉糖馬口鐵）菸盒。

我跟他講，雖然我不抽菸，但：「我們去買包煙吧。」

他說他不方便進入車站的建築物內，我沒問原因，可能是他有什麼壓力，也可能是住在這週邊的露宿者的潛規則。

他似乎看穿我不知道怎麼選菸的牌子，馬上尷尬的說挑最便宜的，有什麼，買什麼。

站裡面的超商，每間都擠滿了人，現在已經是所謂的「尖峰時段」，我換了幾間，才買到菸。

本來想買一整條菸給他，但賣的這家，同一款牌子，湊不到一整盒裝。

我念頭突然轉變，買一包就好了，抽菸可能可以讓他放鬆，但也是為害最大的，突然想到什麼似的。其實，只是一般俗氣的思維。

我繞到他等我的北門出口時，他不見了。

怎麼會這樣呢？

我（有點慌了）緊緊地掐著煙盒，在焰火般的正中午陽光下，困惑的望著空蕩蕩的走廊。

「白天，他們都把紙箱屋收到哪裡了？」

我浮起這樣的念頭，戴上隔離強光的鏡面眼鏡，打開手機的文件備忘錄。

小朵很仔細的把每個街塊遊民的動態路線都標示出來。用顏色分三個時段，午後是黃色動線。

我往『黃線』約莫三公里處的垃圾分類場方向走去，路徑很簡單，但因為都沒有遮蔽物，因此，抵達時，上身的薄T恤已完全濕透。

啟彥躺在兩棵椰子樹下交錯的樹蔭下，睡的很沉。

大約過了快半小時，我把超商買的最小容量礦泉水喝光後，一直半仰靠在樹旁邊穿著繡著中部女中翠綠舊襯衫的中年人說話了。

「他應該有一天，這樣睡著後，就不會再醒來了。」中年男人的牙齒，幾乎掉光了。

他不等我問原因，就直接講啟彥已經吐血吐了一個多月了，而且都在正中午，吐完就躺在這個位置。

「所以，我覺得有一天就會永遠這樣子的睡下去了。」

講完以後，我有點發楞的瞬間，沒有牙齒的他，不知道什麼時候離開現場的。只剩下我和一直熟睡的張同學。

我把剛剛沒牙男的話，記在手機備忘錄上。

接著開始對照啟彥去了東京，最終把護照賣給『留著山羊鬍鬚的三角臉男人』的日期，還有，他在上野車站的紙箱屋時間、經常往來的幾個外宿鄰居名單。

整個拚起來的魔術方塊，差不多要完整每一色塊的面積了。至少，六面，差不多只剩兩面的一兩小塊還沒搞定而已。

「買到菸了嗎？」啟彥張開眼的第一句話，竟是這件事。似乎不知道我費了心思找他找到現在心臟還噗通噗通的跳著。

我把香菸遞給他，他點著後，用力的吸到一半，才褪掉恍惚，回到剛剛在速食店的凝重感。

「我一直等著你，同學。」他終於伸出右手臂環抱著我的肩膀。

「從幾年前把護照賣給那位你見過的濱谷彥後，我選擇在上野車站當遊民，不是沒有原因的，因為透過那位濱谷彥的幾次對話，我知道了淺倉朵跟你的關係。」他放開摟著我的右手，再一次點菸。

「淺倉家就在離上野車站十五分的步程。」我點頭。

「我經常看到的是淺倉朵的母親，有時候、可能有一半時間，會有一個男的跟她一塊，我查出來他叫陳大洋。幾乎看不到你的夥伴。」

我解釋了小朵多數跟我一起，以及大洋其實是我老闆，而小朵媽媽則是老闆的前任戀人。

「你知道你的夥伴是陳大洋的血緣女兒嗎？」

他講，他利用東京都遊民體檢的某些特權，在衛生部的辦公室現場，用政府電腦駭進資料庫。

查了小朵和媽媽，以及生父的三角檔案。

他從口袋掏出一個裂到看不出原來顏色的假皮皮夾，掏出一個印章大小的條碼卡紙，要我回去掃描後，清楚的看看，這個他搞不清楚，卻可能危害到我的親子關係圖。

「我想小朵可能也不知道，因為到目前為止，大洋都只是扮演我們倆個人的老闆，角色很清楚。」我回答了可能自己也不確定的事。

「那個，同學務必要看的很細，才能知道一定要等到你的理由。」

「但是，一直到我被遣返回台北的前夜，都沒能遇到你從上野站下車。」

「即使我覺得離開上野的當時，有超乎常態的落寞感。竟沒辦法遇見你。但，淺意識裡，還是覺得能碰上。只是不知道何時？何地？」他苦笑了。

因為實在非常擔心，因此，問了對我的講了同學病情嚴重的那位街友，是不是啟彥同學的好夥伴，有空幫我問候。

接著把超商買的公共電話卡、以及我大部份的電話號碼，一起給他，希望他有嚴重事發生時，可以來得及打給我。

他想了半天，還是搖著頭對我說沒有那位穿女高校服的沒牙男人的任何印象。

「剛剛講，我們往來的對象，通常不會讓關係變熟，細節就不用講了。因為資歷太淺的年輕對象，我們不想照顧；而資歷深很多的老騙子，通常也不會選我們。剛剛對你講很多的那個沒有牙齒的男人，我猜就是我擔心的事，終於來了。」

他陪我進來的的客運站牌，往回走的時候，停了很久，很猶豫的貼著耳朵跟我說：「他應該就是來接我的死神。」

看著他走進車陣的廢氣濃煙時，才知道「時間不多」是怎麼一回事。

陽光烈到即使戴著雪地用的遮陽鏡片，也沒辦法阻擋傷感的淚腺反應，在有點擁擠的都心公車上，我拉著吊環，站的非常晃蕩，非常的不知所措。

多出來的那個人

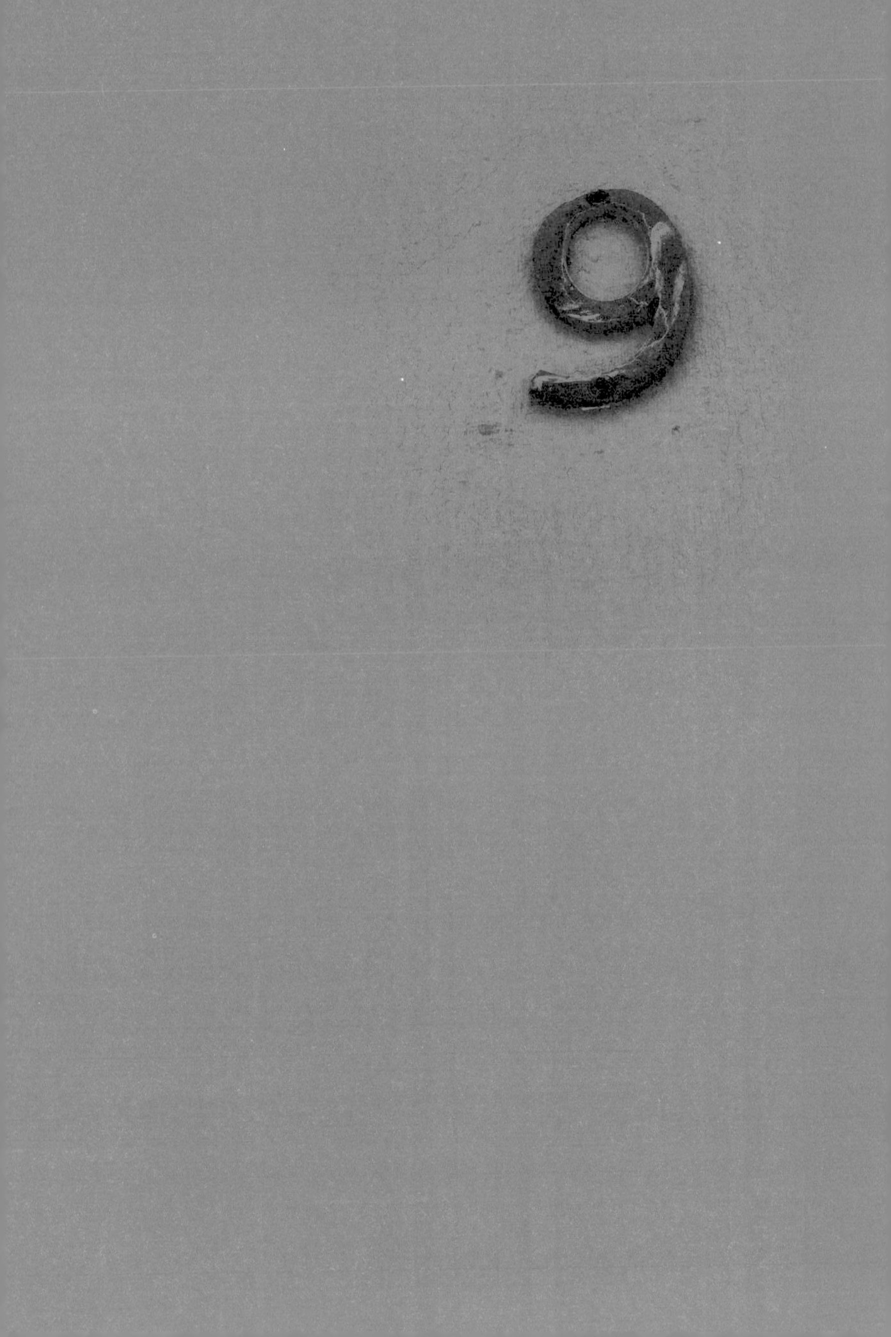

 多出來的那個人

傍晚的時候，開始下著強烈的暴雨，很突然的。

我把車打了閃燈暫停在山路旁，因為雨刷幾乎刷不動巨大數量的急雨。

同一排，我前面略遠處有一台小貨車，後面靠我很近的應該是悍馬那種車，它的輪胎似乎卡在泥沼裡，一直咆嘯空轉著。今天這條山路，難得同時出現這麼多車，前後的車，從樣式看起來應該都是業務作業需要才來的，也都類似不耐煩的發出不耐煩的聲響，除了困頓的空轉，更多的是乾踩油門的無辜引擎聲。

不但暴雨，因為雨連帶發生的濡濕霧氣，讓窄小的路，完全被困住了。

車上的音樂，只能間歇性的收聽功率很低的氣象台，並且幾乎是處於雜訊壟罩的播報狀態。

前天傍晚，確認了她大概不在。

回去Home Studio把幾件常穿的外套和T恤裝進背包裡，然後有點疑慮的想，到底要離開後傳簡訊給她，還是寫封信寄給小朵，寫信好了，講的可以不必那麼尷尬。

『**不是每種事，都有開始或消失的原因（理由）。**』

本來如果是簡訊而已，我想，只要寫這句話就好了。

但，如果是封信，我想除了這句開頭，後面應該要謝謝她這麼長時間，在工作、生活以及戀人的多重身份的陪伴，而且都是歡愉的。

其他的東西，我想她比我需要，因此連看都沒有，拿了衣服把門卡、所有鑰匙都放進我們習慣的床頭小餅乾鐵盒裡，很平靜的連最後的猶疑都跟著放進去了。

不過，我把臥室的房門關上時，覺得有什麼不對勁的地方，只是一時間沒有太大的知覺，可能因為急著要上路，什麼思考都會鈍化到沒有思維的地步。

車子上了高速公路的閘口時，終於想到了剛剛那個『不對勁』，靠小朵睡的窗邊那隻粉紅絨毛兔子不見了。

過了第二個收費站的同時，通訊軟體傳來小朵發來的訊息，很長，長到分成三段。

不過，專心面對著交通流量的眼睛和腦洞，這時候似乎不宜閱讀，即使我心裡有著強烈想知道『為什麼』的渴望，還是想等到車子在休息站，或是加油完在某個附設的咖啡館，好好的看看她的離開和我的有什麼差異。

只不過，光要出第三個閘道，接山路的這段，就嚴重滯塞到幾乎不動的每一台車都緊密相連，像一條沒有盡頭的列車。

我還是惦記著淺倉朵發來的三段訊息。

不過，既沒辦法開出交流道，也不可能把手機拿起來逐字閱讀。

FM交通台，主持人一直強烈提醒颱風的前兆風速驚人，伴隨著的豪雨量也可能是年度最大的，要駕駛人不要進入山區，播報地名時，我的目的地竟然排名第一險區。

現在才知道有颱風，不過，即使來得及離開，應該也不能斷絕我往山區行進的意願。

分不清是風雨造成的曖昧天色，還是一下子已經午後過渡到傍晚。

車上的液晶時鐘似乎有的失靈的閃著18:00的數字，也有可能是19:09，總之，傍晚是確定的。

所有的車，在義務交通指揮者的引導下，開始往山路前的空地先暫停，然後，分批按著沒有邏輯的階段駛出，每次幾輛的往上行進。

終於可以打開小朵的訊息。

『喂，真不好意思，沒有先跟你講，我就直接離開，這部份我很難受，但不得不這樣做。

我這邊，很確定我們已經不能再這樣繼續下去了。有一些原因，但都不是因為你個人的部份有什麼問題。

至於，你那邊，這段時間以來，我隱隱然有點覺得有些什麼你還沒跟我講的事，但，我已經不想再花時間思考了。

是我生父、或是我們的工作，甚至是我一直逃避不談的私人領域問題，想想，應該已經沒那麼重要了。

就跟剛剛開頭所說的一樣，是我這邊不想再往一齊的路徑向前了。

接下來要怎麼走，坦白說，我自己也不知道。

然而，我把原來計畫好的事業破壞了。

（我清楚你一直小心翼翼的維繫著這個事務所，即使小到只有我們兩個人，是你的專注，給了一直動搖的我持續力。）

雖然，我（可能）比你清楚，單憑我們倆個，是不可能擴展成那個想像中的夢幻私營調查組織的，但，我還是站在你這邊，百分之一百的毫無二心。

即使我逐步的知道，上面使用我們的一些腌臢的手法，可是我還是持續下去。直到我從療養院出來，我想應該是該停止的時候了。

不過，我仍然沒說。

因為，我們兩個的事要大於那些太多。

不知道為什麼？當我抱著你，看到你眉間斑的時候，就決定了。

到現在，我還不明白為了什麼？

老闆（不只是陳大洋一個人）那邊我已經把所有該歸還的每一物件都交接清楚了。事務所的執照之類的行政庶務，也都辦妥。不管你要不要繼續用那個Home Studio，都只能用到三天後的月底了。房子的事，我也處理完善了。』

看完第一段，我衝擊的內心，突然想走出車外，在暴雨裡，對著山谷大吼。

只不過，一開車門，就被義務指揮者大吼的直接退回車裡。

第二段，她（依然）平靜的講了她會去讀谷村姊妹淘寶兒那裏長住下來，先從食器販賣部的僱員做起。

『你可以隨時來找我，我還是那樣一個不會（輕易）改變住處、生活的人，如果你願意，也把後來你的住處連繫方式給我吧？如果你願意的話。』

第三段，她差不多是懇求的口吻，要我不要懷恨陳大洋以及她母親。然後，鄭重的告誡，不要和那位山羊鬍鬚的三角臉的濱谷彥有任何牽扯。

『千萬不要！』

最後她說。

右側爬滿苔蘚的山壁這邊，有模糊淋漓著雨水透著蛙綠色雨衣敲我的右窗玻璃。

我猶豫了一下，要降下車窗、還是要直接打開門？還是完全不要理會。

蛙綠色雨衣伸出手，把後照鏡前的車窗玻璃水漬擦出一顆像愛心的洞，我馬上開了門鎖，Nour直接開了門，幾乎是和我解鎖時間同時，她完全不管濕淋淋的雨衣，一進來就緊緊的抱住來不及轉換姿勢楞坐在駕駛座的自己。

她輕聲問（讓椅背躺平的按鈕可以按了嗎），我跟著椅背躺在後座，她脫掉泳衣壓到我身上，從我的頸間開始、越過臉頰，然後進到我的舌尖，我們完全忘了車外的暴雨。

原來災情般的天氣，雨的噪音、引擎的躁音，此刻，通通都消音了。

我們繼續無法克制的想念，從舌交纏開始，她連讓我把T恤脫起來的時間都不想浪費，直接捲起來，開始在我的胸前游移著嘴唇。

我們沒辦法暫停，即使半分鐘都做不到。

「事情已經失去了原有知覺的脈絡，是不是？每個人都是多出來的。」

中間一度她很近的看著我，看穿了我的暫時思考，這麼問，也幫我答了。

重返中央公園

對著資料夾，先從第一段側錄畫面開始看起。

「有一種把中國水墨暈染的方式，嫁接在瓷器上，叫「暈染青花」，賣的最好的中國早期貿易餐具，尤其是茶具，是這十年拍賣場上最長春型的長銷產品。」

這段是我和大洋哥開始合作的那個晚上，他在『7to7』對新入行同夥的我說的第一句話。

緩慢列車，在軌道上平穩緩行，強固的雙層鋁窗與玻璃完全隔絕了外面冰雹猛烈墜落撞擊車體的劇烈響聲。

從車廂往大面窗外看出去，黑夜正被數不清的白色粒子機槍似的拼命噴擊，然而無止盡的凶狠敵軍仍不留情的尾隨著。

諾兒把平板電腦的檔案，依照日期順了次序，就把腳蜷曲到座位上，整個身體像熟練的老印度瑜珈師，窩在我旁邊，沒多久就沉入睡眠的節奏裡，動也不動了。

（鏡頭在我離開以後，繼續側錄著。）

有大洋、熱愛七〇年代Funk的舞棍老闆、幾面之緣的軟呢帽Fedora。

大洋在吧檯把筆電螢幕打開，一局英國拍賣行首次在本地拍賣十八世紀的中國貿易瓷茶具的迂迴現金套取計畫工作分配表，用兩頁、六十秒的時間講解完成。

這套簡報，有一顆棋，就是毫不知情的我。

還有一隻下棋的手，也是毫不知情的淺倉朵。

「暈染青花」在本地拍出驚人的營業額，但，古物交割前，佔營業總額50％的六隻茶壺離奇的從飯店蒸發了。

大洋以NASA的退役亞洲籍軍官接下這個案子，我和小朵在有邏輯的『指導手冊』下，兩天四十八小時就破案，『陳老闆唱片偵探社』用這筆獎金成立。

好了。

接下來所有的側錄或是微型截錄的影像，差不多都很明確的往我所猜疑的指向，直接證實了。

（不過，證實、不證實，懷疑或相信，在這個時候，都已經完全不重要了。）

每件事，都在另一件事的結束前，提前崩壞了。

像沒有完全算準的骨牌，有沒有順利倒到最後一張一樣的，沒有任何一個在意的人。

所有的當事人都離開了，這是最離奇的結果。

就連本來只差三公里路程的我們，也因為巨大的山崩，幾分鐘就阻斷了唯一的路徑。

所有的人，都把車留下來，徒步到最近的車站，一樣的不可思議，在這百年來從沒天災過的丘陵區。

醒來的時候，是列車快到終站之前十分鐘。

列車的窗外面，凝結了長途車特定的露水，混著砂粒、灰屑，甚至枯葉的殘渣。

終站下車後，要徒步大約一個鐘頭，才能抵達中央公園的入口瀑布。

諾兒躲在我的防水風衣裡，冰雹可能把庫存的量都用光了，除了濃郁過度的水溼氣之外，大致上天候和路況都還不錯。

「你想從上次的水道游進我們那裡嗎？」她貼著我心臟的位置，跟我說，往中央公園的水路，已經凍成熟冰原了。

「不過，不用慌張。四十八小時後，再度的艷陽升起，一切都會復甦過來的，就像稍早你在資料夾上看到天主教徒冒充者對我們的撲殺畫面，時間會改變這些類似『仇恨』的東西。」

原來堪用的9.5mm放影機放出的『布（紙）條上有字：「NOUR」。』和剛剛在平板電腦上看到的逃竄朝比奈猿族，並不是偶然，而是一種滅絕對方的執念。

「想像不到吧？後來聯合國等等資本主義的和平防禦系統，都是靠我們這一支高消費的女子軍團當P.T僱員才能持續的。這豈不是最大的異常嗎？」

諾兒又發出真的像猴子似的大笑聲。

我們終於看到了瀑布，水流在即刻的降溫裡，凍成一件『地景藝術』般的異常景象，看起來會一直由上往下流動的的巨大水流，竟然動也不動的凝固在地表，我們的面前。

我看看這個入口，以及摘下防水風衣的她。

世界，果然不是地表能看到的長相而已。

Guide:
曲目／
唱片一覽

今天星期幾?

George Duke—Shine On

沒有人知道的壯舉

Sini Sabotage—Kukaan ei saa tietää

Henryk Sztompka—Chopin Nocturne op.9

有人看著我

Stan Getz & Kenny Barron—Falling In Love

無言以對的場景

Guitar—Sunday Afternoon At Tamagawa River

昨天以前

Asatoyayunta 安里屋勞動歌

除了五十一區，還有一區

The Miles Davis Quintet /Recorded 1956。Miles Davis–小號、John Coltrane - tenor 薩克斯風、Red Garland–鋼琴—If I Were A Bell

Sarah Vaughan的《In A Sentimental Mood》

島唄，是什麼樣的聲音?

Eminem ft Dido—stan

冰冷的麗絲玲

Nat King Cole—What'll I Do

Lana Del Rey - Brooklyn Baby

失去的範圍

Mi and L'au – Bound

水窖裡的圖書館

CAETANO VELOSO—O Samba E O Tango (Live 1995)

最初的玫瑰經

Mariko Senju—聖母頌AVE MARIA

朝比奈猿

Federico Albanese—The Houseboat and the Moon

一群朝比奈猿

Atman—The Lonely Road

或許蘆葦可以證明

霍洛維茲—舒曼《兒時情景》

除了我在夢幻曲裡，還有誰?

霍洛維茲—舒曼—〈夢幻曲〉，《兒時情景》

國家圖書館出版品預行編目資料

多出來的那個人/ 陳輝龍作. -- 初版.
-- 臺北市 : 聯合文學, 2018.11
208面 ; 12.8×19公分. -- (品味隨筆 ; 21)

ISBN 978-986-323-283-4 (平裝)

857.63 107020105

品味隨筆
taste
— 21

多出來的那個人

作　　者／陳輝龍
發 行 人／張寶琴
總 編 輯／周昭翡
主　　編／蕭仁豪
實習編輯／黃薏軒
內頁攝影／BbSs
藏書票繪製／陳輝龍
藏書票治印／小　魚
資深美編／戴榮芝
業務部總經理／李文吉
行銷企畫／邱懷慧
發行助理／簡聖峰
財 務 部／趙玉瑩
韋秀英
人事行政組／李懷瑩
版權管理／蕭仁豪
法律顧問／理律法律事務所
陳長文律師、蔣大中律師
出 版 者／聯合文學出版社股份有限公司
地　　址／臺北市基隆路一段178號10樓
電　　話／(02)27666759轉5107
傳　　真／(02)27567914
郵撥帳號／17623526 聯合文學出版社股份有限公司
登 記 證／行政院新聞局局版臺業字第6109號
網　　址／http://unitas.udngroup.com.tw
E-mail:unitas@udngroup.com.tw
印 刷 廠／禾耕彩色印刷事業股份有限公司
總 經 銷／聯合發行股份有限公司
地　　址／231新北市新店區寶橋路235巷6弄6號2樓
電　　話／(02)29178022

出版日期／2018年11月22日　普及版初版一刷
藏書票版限定三百冊(七款)
定　　價／250元

ISBN 978-986-323-283-4(平裝)

9